成瀬は天下を取りにいく

Miyajima Mina
宮島未奈

新潮社

目次

成瀬は天下を取りにいく

ありがとう西武大津店

「島崎《しまざき》、わたしはこの夏を西武に捧げようと思う」

　一学期の最終日である七月三十一日、下校中に成瀬《なるせ》がまた変なことを言い出した。いつだって成瀬は変だ。十四年にわたる成瀬あかり史の大部分を間近で見てきたわたしが言うのだから間違いない。

　わたしは成瀬と同じマンションに生まれついた凡人、島崎みゆきである。私立あけび幼稚園に通っている頃から、成瀬は他の園児と一線を画《かく》していた。走るのは誰より速く、絵を描くのも歌を歌うのも上手で、ひらがなもカタカナも正確に書けた。誰もが「あかりちゃんはすごい」と持て囃《はや》した。本人はそれを鼻にかけることなく飄々《ひょうひょう》としていた。わたしは成瀬と同じマンションに住んでいることが誇らしかった。

　しかし学年が上がるにつれ、成瀬はどんどん孤立していく。一人でなんでもできてしまうため、他人を寄せ付けないのだ。意図的にそうしているわけではないのに、周囲からは感じが悪いと受け取られてしまう。

　小学五年生にもなると、成瀬は女子から明確に無視されるようになる。わたしは同じクラスだったにもかかわらず、我が身かわいさに成瀬を守ることはしなかった。

ある日、マンションのエントランスで大きな荷物を持った成瀬とすれ違った。無視するのも悪いかと思い、「どこ行くの?」と声をかけたところ、成瀬は「島崎、わたしはシャボン玉を極めようと思うんだ」と言って出ていった。

その数日後、成瀬は夕方のローカル番組「ぐるりんワイド」に出演する。天才シャボン玉少女こと成瀬はお金持ちが飼っている犬ぐらい大きなシャボン玉を作って飛ばし、レポーターを務めるご当地芸人に「糊の割合が重要です」と説明していた。

翌日、クラスの一部の女子は成瀬を取り囲んだ。放課後には成瀬のレクチャーによるシャボン玉教室が開かれた。

中学二年生となった今でも、成瀬は他人の目を気にすることなくマイペースに生きている。違うクラスなので普段の様子はわからないが、目立ったいじめはないようだ。所属する陸上部ではひたすら走り込みをしているという。

わたしは同じマンションに住んでいるという大義名分のもと、成瀬と登下校を共にしている。

「夏を西武に捧げるって?」

「毎日西武に通う」

成瀬の言わんとすることはわかる。わたしたちが住む大津《おおつ》市唯一のデパート西武大津店は、一ヶ月後の八月三十一日に営業終了する。建物は取り壊され、跡地にはマンションが建つらしい。四十四年間の歴史に幕を閉じるとあって、地域住民は心を痛めている。

わたしも小さな頃からたびたび訪れている。食品スーパーのパントリーや、無印良品、ロフト、ふたば書房といったテナントが入っていて、京都のちゃんとしたデパートと比べたら普段使いの商業施設という感じだ。自宅マンションから歩いて五分の距離にあり、小学生のときから子どもだけで行くことが許されていた。

成瀬の両親はともに滋賀県出身で、西武大津店への思い入れも強いらしい。成瀬の母親はちょうど西武大津店がオープンした年の生まれで、彦根の実家からことあるごとに訪れていた。マンション購入の決め手になったのも、西武が近いという理由だったという。

それに対してわたしの両親は県外出身だ。西武や平和堂や西川貴教《にしかわたかのり》に対する滋賀県民特有の情熱は持ち合わせていない。横浜生まれの母は露骨に滋賀を見下しており、「西武がなくなったら何もなくなっちゃうじゃん」と言う。西武の隣のオーミー大津テラスは商業施設にカウントされないらしい。

「八月になったらぐるりんワイドで西武大津店から生中継をする。それに毎日映るから、島崎にはテレビをチェックしてほしい」

ぐるりんワイドは滋賀県唯一の県域ローカル局、びわテレで十七時五十五分から十八時四十五分まで放送している番組だ。毎日と言っても土日祝は休みだから、回数としては二十回程度だろう。

「別にいいけど、録画しないの？」

「こんな企てにハードディスクの容量を使ってはいけない」

ハードディスクを使ってチェックすべき案件だと思うが、成瀬の基準はわからない。

「毎日は見られないかもしれないけど」

「見られる日だけでいい。よろしく頼む」

義理堅いわたしは家に帰ってすぐ、テレビの番組表から月曜日のぐるりんワイドを視聴予約した。成瀬を見るのはわたしの務めだ。

成瀬の言うことはいつでもスケールが大きい。小学校の卒業文集に書いた将来の夢は「二百歳まで生きる」だった。冷凍保存や人体改造など何らかの処置を施すのかと思ったら、素のおばあちゃんとして二百歳まで生きるつもりだと言う。

わたしはギネス世界記録が百二十二歳であることを根拠に、さすがに二百歳は難しいのではないかと伝えた。すると成瀬は平気な顔をして「島崎も含め、その頃にはみんな死んでるから確かめようがない」と言った。わたしは成瀬あかり史を見届けられないことを残念に思うと同時に、できる限り成瀬をそばで見ていようと誓ったのだった。

最近は期末テストで五百点満点を取ると宣言した。結果は四百九十点だったが、たとえ目標に届かなくても成瀬は落ち込まない。成瀬が言うには、大きなことを百個言って、ひとつでも叶えたら、「あの人すごい」になるという。だから日頃から口に出して種をまいておくことが重要なのだそうだ。それはほら吹きとどう違うのかと尋ねたら、成瀬はしばらく考えた後「同じだな」と認めた。


中継初日である八月三日、視聴予約をしていたにもかかわらず、番組開始五分前にはソファに座り、テレビをつけて待機していた。

ぐるりんワイドをじっくり見るのは小学五年生のとき以来だ。つまり普段から興味を持って見るような番組ではない。天才シャボン玉少女の回は学校も取材協力したのか、帰りの会で「今日の夕方、びわテレのぐるりんワイドに成瀬さんが出ます」と先生からアナウンスがあった。それでもわたしぐらいしか見ないだろうと思っていたため、翌日クラスメイトの反応を見て驚いた。

十七時五十五分になり、ぐるりんワイドのロゴと安っぽいBGMで番組がはじまる。提供のテロップが出た後、さっそく西武大津店からの中継がはじまった。買い物客が自然な様子で行き交う中、成瀬だけはテレビに映るために立っていた。肩まで垂らした黒髪に、白い不織布のマスク、学校の制服の黒いスカートと白いソックスだけなら何の変哲もない女子中学生だっただろう。成瀬はなぜか野球のユニフォームを身につけていた。胸に書かれた「Ｌｉｏｎｓ」のロゴと、立っている場所から察するに、西武ライオンズのユニフォームに違いない。これまで成瀬が野球好きという話はまったく聞いたことがなかった。両手には応援グッズとおぼしきプラスチックのミニバットが一本ずつ握られている。

店の前の電光掲示板には「閉店まであと29日」と表示されている。レポーターが「こちらで閉店までのカウントダウンをしています」と言うそばで、成瀬はまっすぐカメラ目線で立っていた。レポーターは成瀬を様子のおかしい人だと見なしたらしくスルーし、青と緑の目玉模様の紙袋を持って店から出てきたおばちゃんにマイクを向けた。おばちゃんは「何度も来てたので寂しいです」と誰にでも言えそうな、それでいてテレビ局の期待に一〇〇％応えるコメントを発した。

「以上、西武大津店から中継でした」とレポーターが締めくくり、画面はスタジオに切り替わる。

　わたしはタブレットを立ち上げ、Twitterで成瀬に言及している人がいないか代理エゴサーチを行った。「ぐるりんワイド」「びわテレ」「西武」「ライオンズ」といっためぼしいワードを検索にかけるが、それらしきツイートは見当たらない。

　その後も番組終了までぐるりんワイドを見続けた。幸運の女神による「サマージャンボ宝くじを買いましょう」のPR、滋賀県歯科医師会による「歯を大切にしましょう」の啓発、長浜に新しくオープンしたテイクアウト弁当店の情報、視聴者からのメール紹介で終わり、西武大津店にはつながらなかった。

　番組が終わった後、成瀬がわたしの家を訪ねてきた。録画してあげればよかったとも思ったが、成瀬がハードディスクの容量を使ってはいけないと言っていたのに、わたしが録画するのはマナー違反だろう。

「見てくれた？」

「ちゃんと映ってたよ。あれはライオンズのユニフォーム？」

「そうだ」

　成瀬はリュックからユニフォームを出して見せてくれた。背番号は1番で、KURIYAMAと書かれている。成瀬もネット通販でなんとなく購入しただけで、KURIYAMAが何者なのか知らないらしい。1番ということはそれだけ主要な選手だろうと判断したという。

「だいぶ怪しかったけど、目立ってたのは間違いない」

　忌憚《きたん》のない意見を伝えたところ、成瀬は「それはよかった」と満足そうだった。

八月四日もリビングのソファでぐるりんワイドを視聴した。近くの歯医者で受付の仕事をしている母も、シフトが休みで一緒に見ていた。成瀬が画面に映ると「完全に不審人物じゃん」と言って大笑いした。

母も成瀬を小さいときから間近で見てきた一人である。わたしの前で成瀬を悪く言うことはないが、どこか「こいつ変だな」と思っているんだろうなという雰囲気は出ている。最近では「あかりちゃんってほんとウケる」と、面白がるようになった。

「西武が閉店する日まで、毎日通うらしいよ」

「いいじゃん、みゆきも映ってきなよ」

母の提案はわたしにとってまったくの想定外だった。

「でもわたしユニフォーム持ってないし」

「いや、別にユニフォームじゃなくていいでしょ」

恥ずかしいからやめておくと言うと、母はサングラスを貸してくれた。

八月五日、わたしは西武大津店に向かった。成瀬はすでにユニフォームを着てスタンバイしている。わたしの姿を認めると「おう」と野球ファンのおっさんみたいな風格で右手を上げた。ソーシャルディスタンスを保つため、カウントダウン表示と館内案内図を挟んで二メートル程度の距離を空ける。

わたしがサングラスをかけると成瀬はうれしそうに「みうらじゅんみたいだな」と言ったが、みうらじゅんが何者なのかわたしにはわからない。服装は無難なTシャツとデニムパンツで、成瀬の添え物であるよう心がけた。

中継の裏側を見るのは新鮮だった。テレビで見る女性レポーターは高く通る声をしていたが、撮影現場では意外と声が響かない。レポーターが動くたび、カメラマンも連動して動く。レポーターはベビーカーを押した若い母親にマイクを向けた。ベビーカーにはアカチャンホンポの袋が提げてある。おそらく「西武大津店がなくなって不便になります」といったコメントを発しているのだろう。

スタッフが持つライトが消えると、成瀬は速やかにユニフォームを脱いでリュックにしまった。

「録画しておいたから見にきなよ」

わたしは自分の姿を確認するためにハードディスクを使った。成瀬を連れて家に帰り、ぐるりんワイドを再生する。

「思ったよりちゃんと映ってる」

成瀬が言うとおり、カウントダウン表示のそばにいるわたしたちは頻繁に映り込んでいた。

「これがわたしだとわかるだろうか」

「成瀬を知ってる人ならみんなわかると思うよ」

成瀬はそこにいるのが当然のようになじんでいて、サングラスとマスクで顔の大部分を隠したわたしのほうがよっぽど怪しい。

Twitterでエゴサーチを行うと、ついに「西武大津からの中継、いつもいるユニフォームの人が気になる」というつぶやきを見つけた。タブレットの画面を見せると成瀬は大きくうなずき、「三回映れば常連だと思われるものだ」とわかったように言った。

八月六日、七日も成瀬は西武大津店の入口に立ち、第一週目の放送を終えた。わたしも行こうと思えば行けたが、いかんせん暑いので懲りてしまった。エアコンの効いた室内でぐるりんワイドを見ていたほうがよっぽどいい。

「さて、一週目は島崎のおかげで無事に終わった」

金曜日の放送終了後に成瀬がわたしの家に来た。同じマンションに住んでいるとはいえ、成瀬がこんな頻繁に我が家に出入りすることはなかった。共犯者にされていると思うと面倒くさいが、頼られていると思えば悪い気はしない。

Twitterを見ると、新たにタクローという人による「ライオンズ女子、今日も映ってる」というつぶやきがあった。ぐるりんワイドや西武大津店といった表記はないが、つぶやいた時間的に成瀬のことだと思われる。

さらに成瀬は現地でご婦人から「あなたいつも映っているわね」と声をかけられたらしい。少なくとも三人の滋賀県民の記憶に爪痕を残している。

「どうして毎日行こうと思ったの?」

わたしが尋ねると、成瀬はマスクのワイヤーを直して答えた。

「この夏の思い出づくりかな」

今年はコロナの影響で、学校行事が軒並み中止または縮小された。わたしはバドミントン部に所属しているが、夏の大会はなくなり、夏休みの練習は午前中だけ。さらに夏休みが八月一日から八月二十三日までの約三週間に短縮され、夏そのものが希薄になっている。西武大津店の閉店は中二の夏の大イベントだ。

「島崎もまた来る？」

成瀬の思い出づくりに付き合いたい気持ちもあるが、この暑さではなるべく外に出たくない。

「行けたら行く」

わたしが言うと、成瀬の顔が明るくなった。

「そのときにはこれを着てくれ」

成瀬がわたしに西武ライオンズのユニフォームを差し出した。背番号は3番。番号の上にはYAMAKAWAと書かれている。

「わざわざ二枚買ったの？」

「万が一のことがあるといけないからな」

一瞬だけ迷って、わたしはそのユニフォームを受け取った。


三連休明けの八月十一日、わたしはYAMAKAWAのユニフォームを着て西武大津店の前に立った。サングラスをかけると成瀬より目立ってしまうおそれがあったので、かけないことにした。

番組スタッフはわたしたちを見て見ぬ振りしているが、雲形の吹き出しの中に「増えた」と書いてあるのが見えるようだった。

おそらく初日に成瀬を避けたことでスタンスが決まってしまったのだ。最初からフレンドリーに接しておけば、「今日はお友達も一緒？」ぐらいの世間話はしただろう。

もっとも、成瀬がスタッフを避けた可能性も否定できない。あまり深掘りしないでおこうと思いながら、成瀬とソーシャルディスタンスを取って正面入口前に立った。

今日のインタビュー対象は年配の女性だった。わたしたちのような若者より、西武大津店にたっぷり思い入れのありそうなお年寄りのほうが求められているに違いない。

中継が終わり、わたしの家で録画を見る。あの場に立っているときはわからなかったが、買い物客がわたしたちを避けて歩いていた。これは迷惑なので、明日から成瀬は従来どおりカウントダウン表示の隣に立ち、わたしは位置をずらすことにした。

次にTwitterをチェックしたところ、誰もぐるりんワイドに言及しておらず、がっかりした。誰かに見つけてもらうことを心のどこかで期待していたらしい。成瀬は「ぐるりんワイドを見てるのはたいていおばあさんだからな」と自信ありげに言った。

「ところで、マスクに何か書けないだろうか。広告とかメッセージとか」

成瀬は定規を取り出し、装着しているマスクにあててわたしに目盛りを読むよう言った。縦十二センチ、横十八センチぐらいだった。

「うーん、たいしたことは書けないんじゃない？」

ジャニーズファンが持っているようなうちわを持ってはどうかと提案したが、成瀬は小道具に頼ってはいけないと反論した。

「あくまでマスクを有効活用するのが重要なんだ。しばらくマスク生活は続くんだから、これを活かさない手はない」

八月十二日、成瀬のマスクには黒いマジックで二行にわたって「ありがとう西武大津店」と書かれていた。顔の形に沿って歪んでしまい、西と店の文字はほとんど隠れているが、文脈を見れば推測できる。

きのう話し合ったとおり、立ち位置を変えてソーシャルディスタンスを取った。小学校低学年ぐらいの男子が成瀬を指差し「ありがとうだって！」と騒ぐと、母親らしき人物は男子の手を取り、歩くスピードを上げて店内に入っていった。

帰宅して録画を確認する。成瀬のマスクに何か書いてあるのは見えるが、書かれた文字までは読めない。

「この大きさじゃ二文字が限度じゃない？　それかロゴマークとか」

わたしが言うと成瀬はうなずき、「マクドナルドとかナイキとかアップルの広告ならいけるな」と言った。そんなワールドワイドな企業が成瀬のマスクに広告を出すとは思えないが、成瀬が世界を目指していることは伝わった。

八月十三日、成瀬はマスクに「感謝」と書いた。後で録画を確認すると、画面の端で大きめに映るタイミングがあり、感謝の文字が読み取れた。

「二文字までなら入れられそうだね」

しかし二文字では伝えられるメッセージが限られる。「感謝」というのも悪くはないが、成瀬がつけていると新興宗教チックな怪しさがある。マスクの有効活用についてはひとまず保留になった。

Twitterをチェックすると、先日成瀬に言及していたタクローさんが「ライオンズ女子が二人になってる！」と書いていた。うれしいとも恥ずかしいともつかない気持ちで胸の奥がじゅわっと熱くなる。

「ネットに書く人なんてごく一部だからな。ぐるりんワイドの視聴率がめちゃめちゃ低くても、滋賀県民百四十万人のうち〇・一％でも見てたら千四百人が見てることになる。そのうち数人はわたしたちの存在に気付いているだろう」

中継現場では意識していなかったが、テレビの向こうには視聴者がいる。その人たちの目にライオンズのユニフォームを着たわたしたちが映り込んでいると思うと、なんともいえない高揚感があった。

八月十四日、道中で成瀬と合流し、番組開始五分前に西武大津店に着くと、いつもいる撮影クルーがいなかった。

「えっ、中継やめちゃったのかな」

気温の高さと裏腹に、手足が冷えていくのがわかる。動揺するわたしをよそに、成瀬は無言で館内案内図を見ていた。

「たぶん一番上だろう」

成瀬とエレベーターで七階に向かう。レストラン街を抜けると「西武大津店44年のあゆみ展」のパネル展示と撮影クルーが見えた。音声マイクを持ったスタッフがわたしたちの姿を認めて目をそらしたのがわかる。成瀬はユニフォームを羽織ると、素知らぬ顔でカメラに映りそうな位置に回り、壁に貼られた写真パネルと向き合った。

わたしもユニフォームを着て写真を眺める。色あせた写真を引き伸ばしたようなパネルは、西武大津店開店当初の様子を伝えていた。ゆったりした食品売り場、優雅な喫茶店、今はなき六階の多目的ホール、六階と七階をつなぐ巨大な琵琶湖形の吹き抜け、鳥が飛び回るバードパラダイス。どこもたくさんの人で賑わっている。わたしが知る西武大津店はいつも閑散としていた。イオンモール草津に客をとられたとか、ネット通販での流通が増えたためとか言われている。写真に写る人々はみんなうれしそうだ。わたしはこの先、商業施設でこんな顔をすることがあるだろうか。

写真に見入っているうちに中継が終わっていた。成瀬はすでにユニフォームを脱いでいる。

「もうちょっと見ていく」

わたしが言うと、成瀬は「そうか」と言って一人で帰っていった。薄情なやつだと思うが、このような行動は今にはじまったことではない。

西武大津店44年のあゆみ展は、七階フロアの壁全体を使って行われていた。わたしが最初に見ていたのは開店当時の写真ゾーンで、そこから時代順に写真が並べられている。わたしが生まれた二〇〇六年は開店三十周年の節目の年だった。店内の様子はわたしの知る風景とほぼ同じだが、客のファッションが少し古い気がする。

「お嬢ちゃん、いつもテレビに映ってる子やね？」

突然知らないご婦人に声をかけられて、ユニフォームを脱ぎ忘れていたことに気付く。勢いで「あっはい」と返事してしまったが、いつも映っているのは成瀬だ。人違いだと言いたいところだが、ライオンズのユニフォームで買い物に来る人はそうそういないし、間違えるのも無理はない。

「よかった、会えたら渡そうと思っててん」

小池百合子《こいけゆりこ》みたいなレースのマスクをつけたご婦人は、青い野球帽を取り出した。横を向いた白いライオンの顔と、「Ｌ·ｉｏｎｓ」のロゴが入っている。

「これ、あげるわ。ちょっと古いけど、ちゃんと洗濯してあるし」

やんわりとお断りしたが、ご婦人は「遠慮せんでええから」とわたしに押し付けるようにして去っていった。

厄介なことになったと思いながら、わたしは成瀬の家に立ち寄った。

インターフォンを鳴らすと成瀬の母親が出てきた。心なしか元気がないように見えるが、もともとこんなふうだった気もする。

「あぁ、みゆきちゃん。いつも付き合ってくれてありがとね」

成瀬の母親はいつも無口で微笑んでいるイメージだ。教育ママという感じでもない。娘のやりたがることをすべてニコニコ受け入れてきた結果、今の成瀬があるのだろう。

「あの、あかりちゃんのお母さんは滋賀の出身なんですよね？」

「そうだけど」

話しかけられたことが意外という表情である。わたしも成瀬の母親に話しかけた記憶があまりない。今だって「おばちゃん」と呼ぶには壁がある気がして「あかりちゃんのお母さん」を選択したぐらいだ。

「長年通ってきた人にとって、西武の閉店ってどんな感じですか？」

「そりゃ寂しいけど、今さらどうにもできないし、その日を待つだけかな」

成瀬の母親は笑みを浮かべたまま言った。わたしの訪問に気付いたらしい成瀬が奥からやってくる。

「どうした？」

「成瀬に渡すものがあって」

立ち話で済ませるつもりだったが、成瀬の母親に促されて部屋に上がった。

「あのあと知らないおばさんに話しかけられて、これをもらったの」

もらった野球帽を成瀬に見せる。

「いつも映ってる子に渡してって。中古だけど洗濯してあるって」

多少の脚色を加えて話したところ、成瀬は疑問を挟まずに野球帽をかぶった。

「月曜日からかぶって行こう」

正直わたしはかぶりたくなかったのでほっとした。

「今後はどこに現れるかわからないから、早めに行ったほうがよさそうだ」

正面入口前に撮影クルーがいなかったときには頭が真っ白になった。なぜわたしが取り乱したのかわからない。成瀬のほうがよっぽど落ち着いていた。

「まぁ、わたしは行くかどうかわからないけど」

なし崩し的にユニットみたいになっているが、わたしはあくまで行けたら行くスタンスである。このプロジェクトは成瀬のものだ。

週明けの八月十七日、お盆休みだった部活が再開された。朝九時から十一時半までの気楽なものだ。

「みゆき、この前テレビに映ってなかった？」

同じ部活の遥香《はるか》が話しかけてきた。

「うん。成瀬に付き合ってる」

遥香は「大変だね」と笑った。

「わたしも見たよ。金曜日だよね？　西武の写真展のやつ」

瑞音《みずね》も話に入ってきた。

「え、わたしが見たのは入口の前だったけど。野球のユニフォーム着てたよね？」

そうだ、わたしはなぜこのことに気付かなかったのか。日常的に見ていなくても、たまたまぐるりんワイドにチャンネルを合わせることはあるだろう。二人が見たのは一瞬ずつでも、パズルのように組み合わせればわたしのしていることがバレてしまう。

「ほぼ毎日行ってるの。成瀬と」

成瀬に責任を押し付けようとしているが、ユニフォームを着て付き合っているのはわたしの意志である。ドン引きされるかと思いきや、遥香と瑞音は大笑いした。

「毎日中継してるなんて知らなかった！　わたしも行ってみたい」

「わたしも行く」

仲間が増えてうれしいはずなのに、わたしは気が乗らなかった。成瀬モードと部活モードでは力の入れ方が違うのだ。だからといって二人を拒絶するわけにもいかず、番組が十七時五十五分からはじまることと、中継場所はたいていい正面入口前だが、正確な場所は当日行ってみないとわからないことを伝えた。

今週は適当にサボるつもりだったが、遥香と瑞音が行くとなればわたしも行かざるを得ない。少し早めに着くと、正面入口前に撮影クルーがいてほっとした。成瀬は宣言どおり、ライオンズの野球帽をかぶっている。これをくれたご婦人がテレビで見ているといいなと思った。

「さっき、また知らない人からこれを渡された」

成瀬は左手首につけた青いリストバンドを見せた。

「めっちゃライオンズ好きな人みたいじゃん」

「西武ファンであることは間違いない」

そう言ってミニバットを構える。

「今日、バド部の子が来るかもしれない。わたしと成瀬が毎日来てること話したら、行ってみたいって」

成瀬は興味なさそうに「そうか」と言うだけだった。

遥香と瑞音は中継の直前に店内から出てきた。成瀬はすでにカメラに集中している。

「ここでやってたんだ」

二人がわたしのそばで足を止めたので、ソーシャルディスタンスを取るよう促した。ここで密になってしまっては明日以降の中継が打ち切られてしまう可能性がある。

遥香と瑞音が少し離れた場所にポジションをとると、レポーターが二人にマイクを向けた。わたしは驚きを隠せなかった。全身から西武愛を発信している成瀬ではなく、私服姿の女子中学生二人組に話しかけるとは。遥香と瑞音は笑顔で質問に答えている。わたしと二人の間に分厚いアクリル板が出現したかのようだった。

中継が終わり、帰り支度をする。遥香と瑞音は「話しかけられちゃった」と興奮気味に報告してきた。胃のあたりから嫉妬がせり上がってくるのがわかる。「よかったね」と素っ気なく言って、成瀬と一緒に帰路についた。

「成瀬のほうがインタビューされるべきなのに」

わたしが本音を漏らすと、成瀬は笑った。

「そんなことない。テレビ局はああいう女の子のコメントが欲しかったんだ」

強がりではなく、純粋に受け入れているようだった。その冷静さに腹が立つ。

「せっかくだからインタビューされたいとか、もっと映りたいとかないの？」

成瀬は「ない」と即答する。なぜわたしがこんなにムキになっているのかわからない様子だ。わたしは成瀬を取り残し、早足で帰った。

八月十八日、一晩寝たら気持ちが切り替わり、遥香と瑞音とはいつもどおり接することができた。きのうの顚末について「まさか話しかけられるとは思わなかったね」と話したあと、わたしが極力軽い調子で「また行く？」と尋ねると、二人は「もういいかな」と笑った。

わたしも「もういいかな」に気持ちが引きずられ、その日は西武に行くのをやめた。なんとなく成瀬に会いたくない気持ちもあった。中継は正面入口前からで、成瀬は14と書かれたカウントダウン表示の隣にいる。当然インタビューのマイクは向けられない。

成瀬のように毎日通っているわけでもなく、遥香や瑞音のようにインタビューされるわけでもない。そんなわたしが行く必要はあるのだろうかと考えたら嫌になってしまった。

八月二十一日、中継帰りの成瀬が訪ねてきた。

「どうだった？」

成瀬に訊かれて、「テレビを見ていてほしい」という当初の依頼を思い出した。わたしが行かなくても、成瀬は気に留めていなかったに違いない。

「ちゃんと映ってたよ」

例によってわたしも毎日見ていた。見なくていいかと思っても、十七時五十分になるともうすぐぐるりんワイドの時間だと気付くのだ。

中継は六階からで、ロフトのファイナルバーゲンの様子を伝えていた。成瀬はほかの客の視線を集めながらしっかり映り込んでいた。

「金曜日は館内から中継するのかもしれない」

その法則でいくと、来週の金曜日も館内からである可能性が高い。

「来週から学校だけど、部活ある日はどうするの？」

「間に合うように抜けさせてもらう。ユニフォームも全部持っていって、学校から直行する」

おそらく成瀬は誰からも咎められずに最終日まで遂行するのだろう。

「大変だね」

すっかり他人事のように感じる。部活は十八時までだから、途中で抜けてまで中継に行くつもりはなかった。

「わたしもリアタイでは見られなくなるけど」

「構わない。これまで付き合ってくれてありがとう」

成瀬はそう言い残して帰っていった。自分から下りたはずなのに、成瀬に外されたような気持ちになる。


日曜日の午後、テレビをザッピングしていると、西武対オリックスの試合が放送されていた。なんとなく見る気になって、リモコンを置く。父に「みゆきも野球見るようになったのか」と突っ込まれ、「今日だけね」と適当に返答する。

西武の選手たちは成瀬とわたしが着ている白いユニフォームではなく、紺のユニフォームを着ていた。六回表、打席に立ったのは背番号1番の栗山である。ぐるりんワイドの中継に映り込む成瀬の姿と栗山が重なる。栗山のバットは初球をとらえ、打球は客席へと入っていった。野球のルールに詳しくないわたしでも、これがホームランであることはわかる。栗山は精悍な顔立ちで、サッカー部の杉本くんに似ていた。


八月二十四日は二学期の始業式で、部活は休みだった。隣の席の川崎くんに「おまえ西武のユニフォーム着てテレビに出てたな」と指摘された以外、特筆すべきことはなかった。

「成瀬はクラスの人から『テレビ出てたね』とか言われなかった?」

「言われなかった。本人に言うのはごく一部だから、気付いてる人はいるだろう」

たしかにわたしもあまり話したことがないクラスメイトがテレビに出ていてもわざわざ言いに行かない。

「今日、わたしも行っていい？」

明日からは部活で帰りが遅くなるため、わたしにとっては最後のチャンスになる。許可を取る必要もないかと思いつつ尋ねると、成瀬は「もちろん」と答えた。

代理エゴサーチを忘れていたことに気付き、帰宅して Twitter 検索をした。最初にライオンズ女子と呼んでくれたタクローさんはその後も何度かわたしたちに言及している。草津に住む主婦の「西武ユニの子、私がぐるりんワイド見ると毎回出てるけど毎日来てるのかなw」というつぶやきもあった。

番組開始十分前に西武大津店正面入口に着くと、成瀬は「あと8日」と書かれたカウントダウン表示を難しい表情で見ていた。

「このままだと最終日が『あと1日』になるが、本来『あと0日』になるべきではないだろうか」

言われてみればそのとおりだ。しかしこんなに堂々と間違えているわけがない。仮に間違いだったとしても、明日いきなり二日減らすわけにはいかないだろうと話し合っていたら、五歳ぐらいの女の子が近づいてきた。

「野球のおねえさん、今日はふたりいるね！」

女児はわたしに紙を差し出した。見ると、同じ服装の人物がふたり描かれている。片方は青い帽子をかぶっていて、片方はかぶっていない。母親らしき人物は「テレビでいつも見てるんです」と言う。わたしが反射的に「ありがとうございます」と応えると、女児は「ばいばーい」と手を振って母親と店内に入っていった。いつも見ていると言いながらこの時間に西武にいるのは変じゃないかと思いつつ隣に視線を移すと、成瀬の目が潤んでいたのでぎょっとした。

「こんなことあるんだな」

わたしは成瀬にファンアートを渡した。成瀬はそれを大事そうにリュックにしまい、ミニバットを持って正面を向く。今日はファイナルバーゲンに来た母娘と思われる女性二人組にインタビューしていた。

中継が終わってユニフォームを脱いだら、夏が終わった気がした。高校球児もこんな気持ちになるのだろうか。一緒にするなと怒られそうだ。

「これ、洗って返すね」

「いや、島崎がしばらく持っていてくれたらいい」

また何か頼まれるかもしれないと思いながら、ユニフォームをバッグにしまった。

八月二十五日、部活が終わって帰宅してから録画を確認した。

成瀬は誰かにプレゼントされたのか、西武ライオンズのマスコットのぬいぐるみを持っている。マスク広告枠の計画は頓挫したが、西武ライオンズの広報に一役買っている気がしないでもない。事実、わたしは成瀬がきっかけで栗山を知った。

八月二十六日もいつもの場所で映っていた。母は「もう景色みたいになじんでるね」と感想を述べた。

計画がはじまったころ、成瀬を模倣する人が現れると思っていた。そんな暇人はいないのか、ぐるりんワイドの視聴率に魅力を感じないのか、カウントダウン表示の隣のベストポジションを狙う人は現れない。

　十九時過ぎに成瀬が訪ねてきた。

「新聞に載ったんだ」

　成瀬はローカル紙「おうみ日報」を見せてくれた。西武大津店の閉店に関する連載で、近隣住民を取り上げている。

　成瀬は複数の登場人物のうちの一人だ。写真も掲載されているが、野球帽とマスクで顔が隠れてよく見えない。

〈近くに住む中学二年生の成瀬あかりさん（14）は西武ライオンズのユニフォームで西武大津店に通っている。「今年の夏はコロナでやることがなくなったので、お世話になった西武大津店に通うことを思いついた。最後の日まで続けるのが目標」と話した〉

　記事の中の成瀬あかりさん（14）と目の前の成瀬が結びつかなくて笑える。

「あと三回だね」

　いくら自宅から徒歩五分とはいえ、同じ時間に暑い中通うのは大変だっただろう。残す平日はあと三日である。

「最後まで出られたらいいのだが」

　成瀬が珍しく弱気なことを言ったが、わたしは深く気にしていなかった。

　八月二十七日は木曜日にもかかわらず館内からの中継で、総合案内所そばのメッセージボードを紹介していた。約二メートル四方のボードが時計台を囲む形で三枚設置されていて、どれも来館者のメッセージカードで埋まりつつある。

中継にはメッセージを書く成瀬が映り込んでいた。何を書いているか気になるが、あの中から探すのは至難の業だろう。

八月二十八日の中継は法則どおり館内で、五階の育《はぐ》ママセンターからだった。子ども向けのすべり台やおままごとセット、絵本が置かれた遊び場があるが、春先からコロナの影響で使用禁止になっていたという。子ども連れの女性が「ここは子どもが初めて歩いた思い出の場所なんです」とコメントする後ろで、成瀬はおもちゃ売り場に紛れて立っていた。

中継の最後、レポーターが「次回放送は八月三十一日、西武大津店の営業終了日です。最終日ということで、ぐるりんワイドはまるごと西武大津店からお届けします！」と告げた。ぐるりんワイドの終了時刻は十八時四十五分。部活が終わってからでも十八時三十分には到着できる。思いがけず巡ってきたラストチャンスに、行きたい気持ちが湧いてくる。ユニフォームを返さなくてよかった。成瀬には月曜日の登校中に、最後の中継に行くことを伝えようと思った。

八月三十日には母と西武大津店に行った。ファイナルバーゲンの商品棚はすでにスカスカで、レジには長蛇の列ができている。こんなに賑わっている西武大津店を見るのははじめてだ。母も「普段からこれだけ人がいたらつぶれなかったのにね」と閉店あるあるみたいなことを言う。

中継ではよくわからなかったが、入口のメッセージボードには琵琶湖の形が描かれていた。琵琶湖部分にはブルーのカード、陸地部分にはオレンジのカードを貼るきまりらしい。ざっと目を通してみたが、成瀬のカードは見つからなかった。「大津に西武があってよかった」「初デートは西武でした」「たくさんの思い出をありがとう」「大好きな場所でした」など、一人ひとりの思いが伝わってきて胸が熱くなる。わたしもメッセージを残したくなって、「小さいときから何度も来ていました。今までありがとう」と書いて貼った。

八月三十一日の朝、いつもの時間に家を出ると、マンションのエントランスに私服姿の成瀬がいた。

「今日、学校休む」

わたしは一瞬、ぐるりんワイドに備えて学校を休むのだと思った。さすが最終日、気合いが入ってるねと返そうとしたら、成瀬はいつになく沈痛な表情をして「おばあちゃんが死んだんだ」と言った。

「おばあちゃんって、彦根の？」

「そう。今から家族であっちに行く」

「ぐるりんワイドは？」

不謹慎かもしれないと思いながらも、訊かずにはいられなかった。成瀬は黙って首を横に振った。そんなこと訊くなと言っているようにも見えた。

「島崎には一応伝えておきたかったんだ。それじゃ」

成瀬はそう言い残してエレベーター方向に消えていった。

通常どおり登校したものの、ずっと上の空だった。授業中も成瀬とぐるりんワイドのことばかり考えてしまう。こんな事情では仕方ないという気持ちと、どうにかならなかったのかという気持ちが渦巻く。成瀬から万が一を託された者として、せめてわたしだけでも番組冒頭から出ようと思い、部活は途中で切り上げて帰宅した。

自宅で最後の中継に向けて準備をしつつ、Twitterで「西武大津店」を検索すると、閉店を惜しむ人たちの声であふれていた。今日も多くの人で混み合っているらしい。

検索ワードを「ぐるりんワイド」に変えると、今日の書き込みがぐっと減る。早い時期から成瀬を追ってくれているタクローさんは、金曜日に「ライオンズ女子もうすぐ見納めかー」とつぶやいていた。成瀬は身内の不幸で行けなくなったと伝えたいところだが、本人でもないのに個人情報を明かしてはいけないと習っている。マスクに「成瀬は欠席です」と書こうかとも思ったが、熱心な視聴者でもない限りわたしと成瀬の違いはわからないだろう。

しかしせっかくだからマスクに何か書いておきたくなり、「ありがとう」と大きく書いた。

番組開始十分前に正面入口前に着いて、失敗したと思った。すでにたくさんのギャラリーが集まっている。最終日だからと出かけてきた人たちが、テレビカメラを見て立ち止まっているのだろう。

カウントダウン表示は記念写真を撮る人たちに取り囲まれている。人々はスマホで「あと1日」の表示を撮影していた。

ひとまず態勢を整えるためユニフォームを羽織ると、ギャラリーの視線を感じた。

「一ヶ月お疲れさまでした」

四十歳ぐらいの女性がわたしに近付き、西武ライオンズのタオルをくれた。さらには「一緒に写真撮ってもらっていいですか？」と問われ、なぜかツーショット写真を撮る。少しでも喜んでくれるならいいだろうと思っていたら、「そいつは偽者だ」という声がした。見ると、白髪の男性が厳しい目を向けている。

「いつも映ってる子と顔が違う」

まさかこんなところに熱心な視聴者がいたとは。皆勤の成瀬と比べたらわたしは出席日数が足りない。成瀬の添え物に徹したのが仇《あだ》となった。

「あれは友達です」

「嘘言え！　そうやって誤魔化そうったってダメだからな！　帽子だってかぶってないじゃないか！」

タオルをくれた女性はどうしたらいいのかわからない様子で立っている。成瀬の友達だと証明できるものはなにもない。成瀬の祖母が死んだ話をしても信じてはもらえないだろう。周りは関わり合いになりたくないような顔で見ている。しかももうすぐぐるりんワイドがはじまってしまう。

「島崎！」

声がする方に目をやると、背番号1番のユニフォームを着た本物が横断歩道を渡ってくるのが見えた。帽子もリストバンドも身につけている。

成瀬は「間に合った」と言いながらわたしに駆け寄った。成瀬のマスクにも「ありがとう」と書かれている。

「何かあったのか？」

わたしは安堵で泣きそうだった。絡んできた男性はいつの間にか消えている。タオルをくれた女性もほっとした様子だ。

「あとで説明する」

わたしは青いタオルを成瀬の首にかけた。

中継がはじまり、レポーターがギャラリーにマイクを向ける。いつもは一組だけだが、二組、三組と声をかけた。成瀬にも回ってくるのではないかと期待したが、四組目でインタビューは終わってしまった。撮影クルーはぞろぞろと移動をはじめる。

「さっき、知らないおじさんに偽者だって絡まれたの」

「そりゃ災難だったな。遅くなってごめん」

成瀬が謝るとは思わなかった。

「ううん。来てくれてよかった。おばあちゃんの件は大丈夫？」

「お通夜は明日なんだ。親戚みんな、今日も行ったほうがおばあちゃんが喜ぶって言うから」

成瀬を送り出してくれた親戚一同に感謝した。

撮影クルーは一階の食品売り場、二階の婦人服売り場、四階の紳士服売り場と、西武大津店を振り返るかのごとく上がっていく。ついていくのは成瀬とわたしと小学生グループぐらいだ。小学生から「なんで野球のユニフォーム着てるん？」と突っ込まれ、成瀬は「これがわたしの制服なんだ」と答えていた。

番組の最後は六階のテラスからだった。西武大津店を背に店長が立ち、カメラに向かってレポーターと話をしている。わたしたちギャラリーは店長の後ろで密にならないよう間隔をあけて立っていた。

「夏でよかった」

成瀬が言う。

「なんで？」

「暗くて寒かったら、今頃もっと寂しいから」

こうして成瀬は中二の夏を西武大津店に捧げたのだった。

九月三日、忌引明けの成瀬と、部活が終わってから西武大津店を見に行った。人のいない西武大津店は急激に老け込んだようだった。三日前と同じ建物とは思えないほど傷みが目立つ。入口にあったＳＥＩＢＵのロゴは剝がされ、看板はシートで覆われていた。片付けのために店員が出入りしているようだが、そのうち解体工事がはじまるのだろう。

病気で入院していた成瀬の祖母は、ぐるりんワイドを見るのを楽しみにしていたそうだ。八月二十八日の放送まで「今日もあかりが映っとる」と喜んでいたが、三十日の深夜に容態が急変し、八月三十一日の朝、息を引き取ったらしい。成瀬の定位置だった閉店へのカウントダウンが祖母の寿命になってしまった。

「成瀬はおばあちゃんのために西武に通ってたの？」

「多少は意識してたけど、一番の理由ではない。こんな時期でもできる挑戦がしたかったんだ」

わたしは成瀬がもっとバズるところを見たかったのだが、そこまで盛り上がらなかった。びわテレとぐるりんワイドの限界を感じた。

それでも何人かは西武大津店の閉店時の思い出として、成瀬を覚えていてくれるだろう。西武グッズをくれた人たち、絵を描いてくれた子ども、ツイートしてくれたアカウント、取材してくれた新聞記者、ぐるりんワイドの視聴者、すべてが成瀬あかり史の貴重な証人だ。

「将来、わたしが大津にデパートを建てる」

「がんばれ」

成瀬の発言が実現するといいなと思いながら、わたしは元西武大津店になった建物を見上げた。

膳所《ぜぜ》から来ました

「島崎、わたしはお笑いの頂点を目指そうと思う」

九月四日金曜日、成瀬がまた変なことを言い出した。西武大津店に通い詰めるという大プロジェクトを終えて燃え尽きるのではないかと心配していたが、杞憂《きゆう》だったらしい。今日は大事な話があると言って、学校帰りにわたしの部屋に立ち寄った。

ローテーブルの向こうの成瀬は背筋を伸ばして正座している。

「お笑いの頂点って……M－1《エムワン》にでも出るの？」

「正解」

M－1グランプリ、通称M－1は二〇〇一年にはじまった日本最大の漫才大会である。決勝戦は十二月にテレビで放送されるので、小さい頃から家族で見ていた。

しかし成瀬とM－1グランプリやお笑いについて話したことはない。どうしてお笑いに関心を向けたのだろうと疑問に思っていると、成瀬は一枚の書類をテーブルに置いた。

「これがM－1グランプリのエントリー用紙だ」

今どきWeb応募じゃないんだと思いながら用紙に目を走らせる。

「例年のエントリー締切は八月三十一日だが、今年はコロナで九月十五日まで延びたんだ。

まだ間に合うから、とりあえずエントリーしておこう」

どうも雲行きが怪しい。わたしの知らないところで話が進んでいる気がする。

「待って、誰と出るの」

成瀬は何を聞いているんだという顔をする。

「島崎しかいないだろう」

わたしは額に手を当てた。こういうのを異例の大抜擢というのだろう。わたしのような凡人に、成瀬が頂点を目指すための相方が務まるとは思えない。

だいたいわたしは成瀬あかり史を見届けたいだけで、成瀬あかり史に名を刻みたいわけではないのだ。最前列で見ている客をステージに上げようとするのはやめてほしい。

「漫才じゃなくて、ピン芸人の大会に出たらいいじゃん」

「ピン芸人？」

首をかしげる成瀬はいたって真剣で、わたしは何か間違ったことを言っただろうかと不安になる。

「R－1ぐらんぷりっていう、一人芸の大会があるの」

「そうか、来年はそれに出るのもいいかもしれないな」

成瀬にとって今年のM－1グランプリに出るのは決定事項らしい。

「母に相方を頼んだらすげなく断られたんだ」

さすがに実母を亡くしたばかりのお母さんが漫才をやる気分にはなれないだろう。もともとおとなしい人だし、平常時でもうなずくとは思えない。

「一回戦はいつなの？」

「九月二十六日の土曜日だ」

助けを求めるような気持ちで壁にかかったカレンダーを見てみるが、何も予定が書かれていない。

「たった三週間しかないけど、大丈夫？」

「心配しなくていい。ネタは全部わたしが考える」

従来どおりの学校生活が送れない今年、成瀬は学校外のイベントに魅力を見出しているようだ。気持ちはわかるが、Ｍ－１グランプリに挑むのはあまりに突飛すぎないか。

「またずいぶん急じゃん」

「テレビで面白い漫才を見て、わたしもやってみたいと思ったんだ」

成瀬に漫才をやろうと思わせた漫才が気になって、前のめりに「どんな漫才？」と尋ねていた。

「母親がコーンフレークらしきものの名前を忘れる漫才だ」

「ほなミルクボーイやないか」

思わずミルクボーイの鉄板ツッコミが飛び出す。ミルクボーイはＭ－１グランプリの前回王者だ。

「さすが島崎、完璧なツッコミだ」

明らかに言い過ぎだが、成瀬に遠慮なく突っ込めるという点ならわたしの右に出る者はいないだろう。それに、わたしが断ることで成瀬がステージに上がる機会を失うのだとしたら、そっちのほうが問題だ。

「いいよ。一緒に出てあげる」

成瀬はテーブルに両手をつき、「ありがとう」とうやうやしく頭を下げた。

「島崎は毎年M－1グランプリを見てるのか」

「お母さんが見るから、だいたい見てるよ」

「頼もしいな」

成瀬は満足そうだが、M－1グランプリを見るだけで面白い漫才が作れるなら誰も苦労はしない。

「一回戦ってどこでやるの？」

「大阪の淀屋橋にある朝日生命ホールだ」

ここから大阪の中心部までは一時間弱で行けるが、だいたい京都で用が足りてしまうため、大阪まで出ることはめったにない。もっとも今年はコロナの影響で、滋賀県からほとんど出ていなかった。

「まずはエントリー用の写真を撮ろう」

成瀬はリュックから自前のデジカメを取り出し、セルフタイマーをセットしてほどよい高さの棚に置いた。わたしは壁を背にして立ち、マスクを外してカメラを見る。

「慣例的にボケが右でツッコミが左だな」

成瀬がそう言ってわたしの左側に立つ。

「えっ？」

異を唱える間もなくセルフタイマーが作動した。

「どう考えても成瀬がボケでしょ」

さっき完璧なツッコミと褒められたのはなんだったのか。成瀬は涼しい顔でマスクをつけ直している。

「実際、島崎はツッコミが上手い。しかしそれでは普段どおりの会話になってしまう。あえて逆にしたほうが、漫才として面白くなる」

あまり漫才に詳しくなさそうなのに、どうしてこんなに自信満々なのだろう。

「成瀬がそう言うなら、ボケでもいいけど……」

成瀬はデジカメを手に取り、モニターを確認している。

「何年か後に有名になったら、この写真が使われるんだろうな」

撮った写真を見せてもらうと、無表情でカメラを見据える成瀬と、視線が定まらないわたしが写っていた。こんな写真でエントリーしてくる漫才師がいたらその時点で失格だろう。成瀬もさすがにまずいと思ったのか、「もう一枚撮ろう」と言った。

「そうだ、今度はユニフォームを着よう」

成瀬はリュックから背番号1番のユニフォームを取り出した。

「いつも持ち歩いてるの?」

「何が起こるかわからないからな」

わたしもクローゼットから背番号3番のユニフォームを取り出し、制服のシャツの上から羽織った。

改めて撮った写真では、さっきよりも表情が柔らかくなっていた。ユニフォームのおかげで一体感も出ている。球団に許可を取らなくていいのか気になるが、そういうことは売れてから考えたらいいだろう。

成瀬も納得がいったようで、デジカメとユニフォームをリュックにしまった。

「コンビ名はもう決めたの？」

「そうだな、膳所《ぜぜ》ライオンズなんてどうだろう」

膳所駅はわたしたちの最寄り駅だ。関西では難読地名として知られているので、コンビ名に入れるのはアリな気がする。しかしそれに続くライオンズがいただけない。

「なんだかマンションの名前みたいじゃない？」

「膳所ガールズとか？」

わたしは成瀬のネーミングセンスに感動していた。なんでもこなす成瀬がこんなダサいネーミングしか思いつかないのか。この様子ではネタ作りも危ぶまれる。

わたしが思うに、コンビ名は一度で覚えられるような、単純でインパクトのあるものがいい。漢字で膳所は読みづらいから、ひらがなかカタカナで入れたほうがいいだろう。

「思いついた。カタカナで『ゼゼカラ』。膳所から来ましたゼゼカラです！　って言って、ネタをはじめるの」

わたしが提案すると、成瀬は「いいじゃないか」と目を丸くした。もっと練りたいところだが、これぐらい適当なほうが力が抜けていていい気がする。

成瀬はコンビ名の欄に「ゼゼカラ」と書き込んだ。単純な四文字なのに、成瀬の達筆で書かれると妙に由緒正しく見える。

「個人名は本名でいいだろうか」

とりあえずエントリーするだけと言いながら、決めなければならない事項が多い。個人名はいつも呼び合っているように成瀬と島崎にして、残りの必要事項を記入していく。

「そうそう、未成年者は保護者の同意が要るんだ。島崎のお母さんにもサインをもらってきてほしい」

成瀬からエントリー用紙を受け取り、母の同意を得るため部屋を出た瞬間、我に返った。あのM－1グランプリにわたしが出場するなんて、大丈夫なのだろうか。

その一方で、ワクワクしている自分もいる。漫才なんて作ったことがないし、成瀬のセンスにも不安があるけれど、やってみたらできるのかもしれない。

キッチンにいた母に「成瀬がM－1に出ようって言うんだけど、出ていい？」と尋ねると、母からは即座に「いいじゃん」と返ってきた。

「どんなネタやるの？　コント漫才？　しゃべくり漫才？　わたしも一回ぐらい出てみたかったなぁ」

第一回から欠かさず見ているという母は、好奇心を抑えられない様子でまくし立てる。むしろ母が成瀬と組んだらどうかと思ったが、それはそれで複雑な気持ちになりそうだ。

エントリー用紙の記入を頼むと、母は「あかりちゃんのほうが字がうまくて恥ずかしい」と言いながら住所と氏名を書き、押印《おういん》してくれた。

「これって、芸人さんたちもお母さんに書いてもらってるってこと？」

母の言葉に、ミルクボーイのおかんがエントリー用紙を書いているところが頭に浮かぶ。

「いや、未成年だけだよ」

「あはは、それもそうか」

部屋に戻ると、成瀬はルーズリーフに何やら書き込んでいた。

「出ていいって」

「それはよかった」

成瀬はエントリー用紙に記入漏れがないか確認し、「よし」と大きくうなずいた。

「健康第一で、無理のないようにやっていこう」

こうしてゼゼカラはお笑いの頂点への第一歩を踏み出したのだった。


出場が決まった以上は全力を尽くさなければならない。わたしは予習のためにネット配信で過去のM－1グランプリを見ることにした。

わたしは二〇〇六年生まれだから、第一回から第五回の頃はまだ生まれていない。テレビのリモコンを操作しながらどれを見ようか迷っていると、母がやってきて隣に座った。

「2004見よう」

母が神回と言うとおり、テレビで見知ったコンビが多く出場していた。今ではバラエティ番組で司会をやっているような芸人も、若手時代はこうしてネタをやっていたのだと新鮮に感じる。

優勝したアンタッチャブルのネタは彼女の父親のもとへ結婚の挨拶に行く筋書きで、今でも古びない面白さだった。母は笑いすぎて涙まで流している。

その後も母のおすすめに従って、ところどころ飛ばしながら見た。これまでただの視聴者として気楽に見ていたのに、どうしてこんなボケを思いつくのだろうとか、あのツッコミのタイミングはすごいとか、演者側の視点が芽生えてくる。

数年後、成瀬が本当にお笑いの頂点に立つとしたら、相方はわたしなのか、別の誰かなのか。今はまだ、頂点どころか麓さえ見えないぐらいに遠い。

週明け九月七日の朝、マンションのロビーで会うなり成瀬が「ネタを考えてきたから、後でやろう」と言い出した。内心楽しみにしていたものの、やる気満々だと思われたくなくて「別にいいけど」と返事する。

部活が終わって帰宅してから、わたしの部屋でネタ合わせをはじめた。

「どうだろうか」

成瀬が差し出したルーズリーフには「成」と「島」の頭文字とお互いのセリフが書き込まれていた。

成「はいどうもー」
島「私が島崎で」
成「私が成瀬です」
二人「膳所から来ましたゼゼカラです、よろしくお願いします」
島「私な、大きくなったらプロ野球選手になりたいねん」

成「よう言うわ。あんた野球のルールすら知らんやん」
島「知っとるよ。投げて打つんやろ」
成「雑やな」
島「あんた私のポテンシャル知らんな」
成「言うてももう中二やで、有力選手ならすでに頭角を現してる頃や」
島「ドラフトで指名されたらワンチャンあるやんか」
成「なんで指名されるつもりやねん」
島「普段からこのユニフォームを着てうろうろしてたら、もしかしたら野球少女と間違われるかなって」
成「ただの不審人物やないか」

冒頭を読んだだけで眉間に力が入ってしまった。言いたいことはたくさんあるが、一番の問題点を指摘する。

「わたし関西弁しゃべれないんだけど」

標準語の両親に育てられたため、わたしはほぼ標準語のイントネーションで話す。相手につられて関西弁の語尾が出ることもあるが、うまくしゃべれている気がしない。

「成瀬だって普段関西弁じゃないじゃん」

「その気になったらしゃべれんねん」

両親とも滋賀生まれなだけあって、成瀬の関西弁は自然だった。

「過去のM－1グランプリを分析したら、関西芸人が圧倒的に有利だとわかった。ゼゼカラの名にかけても関西弁で行ったほうがいいと思ったんだ」

「でも使い慣れない言葉よりも普段どおりの言葉のほうがいいよ」

関西弁であることを脇に置いても成瀬の台本は微妙だ。意味の伝わる日本語で書かれている点や双方の掛け合いになっている点は評価できるが、これではただの会話である。まだ一年目という甘えがあるのだろうか。どうせやるなら初年度からできる限りのパフォーマンスを見せるべきではないか。

この思いをどう伝えたらいいのだろう。モヤモヤと考えているうちに、せっかく考えてくれた成瀬に申し訳なくなってきて、一度台本通りに演じてみようと提案した。

壁を背にして並んで立ち、二人とも見えるように真ん中でルーズリーフを持つ。

「はいどうもー！」

「膳所から来ましたゼゼカラです、よろしくお願いします！」

だれにも聞かれていないはずなのに恥ずかしくなる。関西弁らしく聞こえるよう努めたが、不自然さは避けられない。最後までやり終えたらどんな顔をしていいかわからなくなり、黙ったままテーブルに向かい合って座った。

「成瀬、このネタ本当に面白いと思う？」

わたしがルーズリーフを指差して単刀直入に尋ねると、成瀬は真剣な顔で「面白くはないな」と認めた。

「わたしも考えるよ。まず、テーマが野球という時点で無理があると思う。野球に詳しい人はたくさんいるし、野球をネタにするコンビもかなり多い。わざわざ詳しくないテーマで勝負する必要はないでしょ。あと、ボケに意外性がないんだよね。もっと突き抜けたボケをしないとダメだと思う」

口を開いたら思いがけずすらすらとダメ出ししてしまった。

「ごめん、言い過ぎた」

「遠慮しなくていい。なんでも言い合えるコンビのほうが伸びる」

成瀬はルーズリーフに「野球は×」「突き抜けたボケ」などとメモする。

「島崎はどういうテーマがいいと思う？」

「もっと身近なテーマでいいんじゃないかなぁ」

成瀬が野球をテーマにした気持ちもわかる。わたしたちは西武ライオンズのユニフォームを着て舞台に上がろうとしているのだ。見ている側も野球を連想するだろう。しかしわたしにとってこのユニフォームは西武大津店との思い出である。

「たとえば西武大津店からネタにつなげるとか」

成瀬は新しいルーズリーフを取り出し「西武大津店」とメモした。

「成瀬が将来大津にデパート建てるって言ってたじゃん、それもネタになると思うんだよね。それに、成瀬がシャボン玉を極めるって言ってたのも、二百歳まで生きるって言ってたのも、ＦＭ近江から全国に発信するレギュラー番組を持つって言ってたのも、紅白歌合戦に出るって言ってたのも……」

糸を引っ張ったら万国旗が出てきた気分だ。野球ネタなんてやっている場合ではなかった。

成瀬ネタでよかったのだ。このキャラクターを生かさない手はない。

「それは面白いのだろうか」

成瀬は訝しげな表情を浮かべて腕を組む。息をするようにスケールの大きなことを言う人間だ。そこに潜む滑稽さに気付かないのも無理はない。

「より面白くするにはやっぱり成瀬がボケのほうがいいと思うの。『わたしは二百歳まで生きる予定なんですけど』って成瀬が切り出したら、わたしが『ギネス記録大幅更新じゃん』って突っ込む。いや、突っ込ませて！」

「島崎がお笑いにそんなに熱いとは知らなかった」

成瀬が感心したように言うが、わたしはお笑いではなく成瀬に熱いのだ。その面白さを広く伝えるにはどうしたらいいだろう。

「わたしが二百歳まで生きるって言って、島崎が『それならわたしは三百歳まで生きる』ってボケもいいと思うのだが」

成瀬が提示した案も良さそうな気がする。こんなに正解がわからないものだとは思わなかった。だからこそ多くの芸人志望者が養成所に通うのだろう。一周回って成瀬の書いた野球ネタも悪くない気がしてきた。

「思った以上に難しいな」

成瀬が頭をかく。

「成瀬としては、今年はどこまで行きたいの？」

「まずは出場するだけでいいと思っていたんだ。こんなに短い準備期間で一回戦突破できるほど甘くはないだろう。だけど島崎に言われて、全力を尽くさなければいけないと思うようになった」

わたしはうなずく。今持っている力で最高の漫才をしたいという気持ちは共有できた。

「わたしもネタを考えてみるよ。また明日話し合おう」

「そうだな」

その日の夜、ルーズリーフにネタを書こうと試みたものの、挨拶部分を二行書いただけでシャープペンが止まってしまった。

手がかりをつかみたくて、YouTubeでM-1グランプリ一回戦の動画を検索してみた。検索結果には「ナイスアマチュア賞」と書かれた動画がずらっと並ぶ。ナイスアマチュア賞は合否に関係なく、すぐれた漫才を見せたアマチュアコンビに贈られる賞らしい。

お手並み拝見と軽い気持ちで再生したら、思いのほか面白くて正座になった。どのコンビも声がはっきりしていて、何を言っているのか聞き取れる。

決勝戦のネタ時間は四分間だが、一回戦は二分間という点も重要だ。短すぎて漫才にならないのではないかと思っていたが、きちんとオチをつければ満足度の高い漫才になる。むしろ時間の余裕がない分、続々とボケが繰り出されるため濃度が高く感じた。

まずは力を入れずに、成瀬の顔を思い浮かべながら自然体の掛け合いを書いてみることにした。

成「わたしは二百歳まで生きる予定なんですけど」

島「ギネス記録大幅更新じゃん」
成「もう人生設計も立ててるんです」
島「聞かせて」
成「百十四歳で結婚」
島「いきなり百年後？　もっと刻んでよ」
成「じゃあ戻るわ。十五歳、道で千円札を拾って交番に届ける」
島「今度は細かいな！」
成「二十二歳、西武ライオンズにドラフト十位指名」
島「野球経験ないのに？」
成「（役に入る）まさか指名されるとは思いませんでした」
島「今後の意気込みを聞かせてください」
成「まずはルールを覚えたいと思います」
島「全国の野球ファンからバッシングだよ！」

書いてみてボケが弱いと感じる。成瀬のことを面白いと思っていたが、女子中学生の言動にしては面白いだけで、漫才のボケまで高めるにはもっと工夫が必要そうだ。

翌日、下校中に成瀬とネタについて話した。

「プロの漫才がいかに面白いか痛感するな」

成瀬の言うとおり、プロとはまったくレベルが違う。

「大きな声を出せばなんとかなると思っていたが、どうやらそうではないらしい」

「さすがにそんな簡単じゃないでしょ」

普段から淡々と話す成瀬が大声を出すところを想像したら笑えてきた。アンタッチャブルみたいな感じだろうか。

「そうだ、アンタッチャブルの漫才を一度コピーしてみない？」

小学生のとき、国語の教科書の本文をひたすら書き写す宿題が出た。昔の人でもあるまいし、なんで手書きでわざわざこんなことをしないとならないのだと思っていた。先生が言うには、上手な文章を書き写すことで文章のリズムがつかめるようになるという。同じように上手な漫才をそのまま演じてみたら、何かつかめるかもしれない。

家に帰ってタブレットで検索すると、M－1グランプリ決勝戦のネタの書き起こしが見つかった。動画を見て流れをつかんでから、成瀬がボケ、わたしがツッコミをやってみる。演技力は遠く及ばないが、台本のクオリティが高いせいか、素人のわたしたちが掛け合いするだけでもリズムが生まれる。成瀬は大声と言うほどではないが、いつもよりテンションを上げて発声しているようだった。

「このまんまやりたいぐらいだな」

成瀬も手応えを感じてくれたらしい。

「パクりじゃん」

「でも結局そういうことじゃないか？　アマチュアはプロの影響を受けて、それっぽいネタをやるしかないだろう」

たしかにそうかもしれない。

「こういう、途中で寸劇みたいになる流れはいいな」

「コント漫才ね」

成瀬はルーズリーフに新しくネタを書きはじめる。

島「最近、家の近くにあった西武大津店が閉店しちゃったんですよ」
成「そんなこともあったねぇ（遠い目をする）」
島「なんでそんな昔みたいな言い方なんだよ！　先月の話だよ！」
成「そこで、わたしが新しく大津にデパートを建てることにしたんです」
島「個人で!?」
成「（役に入る）皆さま、本日は成瀬百貨店大津店のオープニングセレモニーにお集まりいただきありがとうございます。創業者の成瀬あかりです」
島「創業者ってあんまり自分で言わないけどな」
成「ここ、琵琶湖に浮かぶ最高のロケーション」
島「琵琶湖の上に建てたの？」
成「二十八階建ての店内でごゆっくりお買い物をお楽しみいただけます」
島「とんでもない建造物だな」
成「なお、エレベーターやエスカレーターはございませんので、階段でご移動くださいますようお願い申し上げます」

島「誰が己の足腰で二十八階まで上がるんだよ！」
成「ちなみに二十八階は食品売り場でございます」
島「一番上にしちゃダメなやつじゃん！　搬入するのも一苦労だよ！」

「すごい、よくなってる」

アンタッチャブルのおかげか、最初の台本と比べたら着実に漫才らしくなっている。これならお笑いの裾野の裾ぐらいは踏めるかもしれない。

「ある程度ネタができたら、練習しながら直していったほうがいいな。九月は忙しいし、早めに作っておきたい」

九月十六日には文化祭、二十五日には実力テストがある。例年、文化祭では全校生徒が体育館に集まって合唱コンクールを行っていたが、今年はコロナ対策のため各クラスで動画を作り、学年ごとに集まって鑑賞する。

動画作成はクラスの目立つ子や動画編集が得意な子たちが中心にやっていて、わたしのようなその他大勢は言われた通りに動けばいい。合唱コンクールよりずっと楽だ。

「成瀬のクラスはどんな動画作ってるの？」

「ドラマ仕立てで各自が一芸を披露する。わたしは手品だ」

成瀬は持っていたシャープペンを消した。

「えっ、そんな特技あったの」

間近で見ていたのにどこに消えたのか全然わからなかった。

「練習すればできるようになる」

成瀬は再びどこからかシャープペンを出して台本の続きを書く。漫才も練習すればできるようになるのかもしれないと思った。


成瀬百貨店の台本ができたら指針が見えてきた。学校の行き帰りでもネタ合わせを行い、その都度わかりやすい言い方やウケそうな表現に変えていく。思わず力が入ってしまい、追い越していくクラスメイトの「おはよう」の声に気付かなかったこともあった。

「そろそろ舞台に立って見てもらおう」

「えっ」

わたしは誰にも見せずにＭ－１グランプリ一回戦を迎えるものだと思っていた。成瀬のことだから、見せる相手はすでに決まっているに違いない。にわかに嫌な予感がしてくる。

「誰に見せるの？」

「二年生」

成瀬の意図を汲んだわたしは両手で顔を覆った。

「文化祭の自由発表にエントリーしておいた」

文化祭では各クラスの発表の後、ピアノやバンドなど有志による自由発表がある。出演するのは二百四十人中十人程度で、よっぽど一芸に秀でた人か、目立ちたがり屋しか出ない。

「エントリーする前にわたしにも相談してよ」

「いや、Ｍ－１グランプリに出るのだから文化祭ぐらいどうってことないかと思って」

成瀬の認識は完全に逆である。知らない人ばかりの温泉に入るのが全然恥ずかしくないように、M-1グランプリの審査員に見られる方がよっぽど気楽だ。

「無理だって。成瀬が一人で手品やったらいいじゃん」

「M-1グランプリの前に、まったくウケないのか、多少は笑いが起きるのか、知っておきたいんだ。島崎だって、せっかく練習した漫才を見てもらいたくないか?」

「やだよ。すべったら恥ずかしいし」

クラスのその他大勢であるわたしが自由発表に出て、ノリノリで漫才をやるのは抵抗がある。

「それなら、島崎は顔を隠したらどうだ?」

プロレスラーみたいな覆面をかぶって舞台に上がるところを想像したが、それがわたしだと知られたら余計に恥ずかしい。

「うーん、わたしはしぶしぶ付き合ってるってことにしていい?」

成瀬は学年でも知られる変わり者である。成瀬に付き合ってしかたなく出ている風を装えば、みんなもやむを得ないと思ってくれるのではないか。

「ああ、それで構わない」

成瀬はマスクの位置を直し、「がんばろう」と両手でこぶしを作った。

文化祭の前日リハーサルでは自由発表の出演者が体育館に集まり、出番順や立ち位置を確認した。ゼゼカラは自由発表のトップバッターで、明らかに前座の扱いである。わたしたちの後には国友梨良《くにともりら》ちゃんのピアノ演奏や津島くんのジャグリング、大沢くんたちのバンドが続く。

「あたし漫才なんて絶対できないよー。楽しみにしてるね」

小学校から一緒の梨良ちゃんは感じよく話しかけてくれるが、内心馬鹿にされているのではないかと被害妄想がふくらむ。

舞台袖に控えているときから落ち着かず、そわそわしていた。成瀬は生まれてこの方緊張したことがないと豪語するだけあって、いつもの調子だ。

「本番は明日だから、今日は気楽にやればいい」

「そうだけど」

このステージには合唱コンクールで立ったことがあるけれど、クラス全員で立つのと二人だけで立つのとは全然違う。

「トップバッターはゼゼカラの漫才です！　どうぞー」

MCを務める実行委員の呼び込みで、わたしと成瀬はステージに出ていった。パイプ椅子が並べられた客席には実行委員が三人ばらけて座り、見え方を確認している。たった三人だけでも、視線が集まっているのを感じて顔が熱くなってきた。

「はいどうもー！」

別に「はいどうも」じゃなくていいとも思ったのだが、あれだけ大勢の漫才師が言っているだけあって「はいどうも」がもっともしっくりくる。

「最近、家の近くにあった西武大津店が閉店しちゃったんですよ」

漫才がはじまったら少しは落ち着くかと思ったが、全然そんなことはなかった。セリフを間違えたらどうしようとか、段取りを忘れたらどうしようかとか、心配事が尽きない。わたしは成瀬にしぶしぶ付き合うツッコミマシーンだと自分に言い聞かせ、平常心を保とうとする。

「屋上からはパラシュートで下りていただけます」

成瀬が台本にはないアドリブを挟んできた。プログラムされていない言葉にツッコミマシーンはパニックを起こす。

「えっ？　はっ？　そんなわけないだろ！」

一度アドリブをやられると、またやられるのではないかと身構えてしまう。しかしそれ以上のアドリブはなく、台本通りに「もういいよ！　ありがとうございました」までたどり着いた。実行委員の雑な拍手を聞きながら、舞台袖へと引っ込む。

「めちゃくちゃ楽しいな」

成瀬は首から下げたライオンズのタオルで額の汗を拭った。

「楽しくないよ！　なんでアドリブ入れるの？」

「リハーサルだから、どんなことになるか試してみようと思ったんだ」

成瀬は反省する様子もなく、けろっと言う。

「本番では絶対やめてよね」

「たしかに、アドリブのせいで島崎がうまくいかなくなるならやめたほうがいいな」

アドリブ禁止には同意してもらえたものの、二百四十人の前で漫才を演じる予定は変わらない。本番を思うと胃が痛かった。

文化祭当日は自由発表を控えているせいで、クイズ大会にもクラス動画にも集中できずにいた。

その中で唯一、成瀬のクラスの動画はちゃんと見た。成瀬は謎の魔法使いとして何もないところから鍵を出現させ、主人公に渡す重要な役だった。ほかのクラスメイトは仲良しグループでまとまって出演しており、成瀬が一人だけ浮いた存在であることがうかがえた。

全クラスの動画を見終わると、十分間の休憩になった。出番を控えたわたしたちは舞台袖に移動し、ユニフォームを身につける。きのう以上に緊張しているらしく、ボタンを掛ける指が震えていた。

「成瀬はこんなときでも緊張しないの？」

「緊張するというのがよくわからないんだ。早くやりたいな、ワクワクするなっていうのも緊張だろうか」

「ちょっと違うかもね」

休憩時間が終わり、各自が席につく。出番が近付くにつれ、呼吸が苦しくなってきた。

「あれだけ練習したんだから、絶対に大丈夫だ」

成瀬がわたしの左肩に手を置いた。わたしは心のなかで「絶対大丈夫」と繰り返す。ＭＣが自由発表のはじまりを告げ、「トップバッターはゼゼカラの漫才です、どうぞ～」と呼び込んだ。

「はいどうもー！」

センターマイクの前に立った瞬間、頭の中が真っ白になった。マスクをつけた二百四十人の同級生が、パイプ椅子に座ってこちらを見ている。もっとざわざわしていると思っていたのに、ソーシャルディスタンスが取られているため誰もおしゃべりをしていない。こんなところにまでコロナの影響があるとは思わなかった。

わたしが声を出せずにいると、成瀬が一人で声を張って「膳所から来ましたゼゼカラです、よろしくお願いします」と切り出した。

「いや、みんな膳所から来とるやろ！」

わたしはとっさに思い浮かんだことを口走ってしまった。まさかのアドリブ、しかも関西弁である。成瀬の目に一瞬だけ動揺が浮かんだが、すぐに大きな声で応戦した。

「うちの中学、大津駅が最寄りの人もおるわ！」

これではボケとツッコミが逆転してしまう。わたしは慌てていつものセリフを取り戻す。

「膳所って言うと、大津西武店が閉店しましてね」

「西武大津店や！」

成瀬のツッコミに小規模ながら笑いが起こった。

「そんなこともあったねぇ」

リズムを崩したわたしは次の成瀬のセリフを口にしていた。

「なんでそんな昔みたいな言い方やねん！　先月の話やろ！」

成瀬もわたしのセリフを引き継ぐ。ボケとツッコミが逆のまま走り出してしまった。

「そこで、わたしがデパートを建てることにしたんです」

「ええやん！　夢は大きいほうがいいって校長先生も言うてはるからな」

成瀬は校長いじりを挟むほど余裕があるらしい。わたしはもう逃げ出したい気持ちだったが、途中で舞台を降りるのはさらなる勇気が必要であるように思えた。

「皆さま、本日は島崎百貨店大津店のオープニングセレモニーにお集まりいただきありがとうございます。創業者の島崎みゆきです」

「創業者って普通自分で言わんけどな」

いつもと違うセリフにもかかわらず、度重なる練習のおかげで体に染み込んでいる。そのまま本来の役割とは逆に演じきり、成瀬の「もうええわ！　ありがとうございました」で締めくくった。

わたしはこれ以上実る稲穂はないだろうというぐらい頭を下げた。心臓がバクバク鳴っているのがわかる。

そそくさと舞台袖に引っ込むと、成瀬が「今日の島崎めちゃくちゃ面白かったぞ」と興奮気味にわたしの背中を叩いた。

「そんなことない、あれは失敗でしょ」

「いや、見ている側にはおそらくバレていない。ちゃんとウケていたじゃないか」

混乱しながらも、ちらほら笑い声が起きていたのはわたしにも聞こえていた。

「あたしも今日のほうが面白かったと思うよ！」

舞台袖で出番を待っていた梨良ちゃんは、わたしたちに親指を立てて見せたあと、楽譜片手にステージへ出ていった。

「国友もああ言っているし、自信を持っていい。やっぱりわたしがツッコミで、島崎がボケのほうが向いているんだ。ネタのタイトルを島崎百貨店に変えて、練り直そう」

心臓の音が落ち着くにつれ、今日の失敗も悪くなかった気がしてきた。みんなの笑い声と、梨良ちゃんの感想がその根拠だ。前より良くなっているのなら、素直に採用したほうがよいだろう。

「わかった。わたしがボケをやる」

成瀬は「よし」とうなずく。

「さらなる伸びしろが見えてきた。初出場で一回戦突破もあり得るかもしれないな」

それでこそ成瀬である。わたしも足を引っ張らないよう、ボケを練習しなければ。梨良ちゃんの軽快な演奏がゼゼカラ第二章の幕開けを彩っているようだった。


文化祭の後、わたしのもとにも反響が届いた。面白かったと言われると、お世辞だとしてもうれしい。「成瀬さんがボケだと思ってた」と言う人には「だよね〜」と笑っておいた。

「文化祭の実行委員がわたしたちの動画を撮ってＤＶＤに焼いてくれたんだ。一緒に見てみよう」

文化祭から二日経った九月十八日の下校中、成瀬が言い出した。結果オーライだったとはいえ、自分がミスしているところなど見たくはない。

「えー、成瀬が一人で見たらいいよ」

「いや、島崎は完璧だった。お客さんの立場で見て、わたしのダメなところを指摘してほしい」

あまり気は進まないが、成瀬の意向はわかる。

「わかった。うちで見ようか」

幸い母がいなかったため、リビングのテレビで再生した。西武ライオンズのユニフォームを着たわたしたちが「はいどうもー」と出てくるのを見るだけでも恥ずかしくて、変な笑い声が出た。

「いや、みんな膳所から来とるやろ！」

ゼゼカラの運命を変えた一言は思いのほか大きな声だった。成瀬も声を張っていて、ちゃんと聞き取れる。少ないながらも笑い声が入っていて、この二人が漫才をやっていることは伝わる。

「やっぱりこのときの島崎は神がかっていた。本番に強いタイプだな」

成瀬はご満悦だが、客観的に見ると粗《あら》が目立つ。特にわたしは予想外の役割逆転でセリフを間違えないように必死だし、視線がきょろきょろしていて落ち着かない。

「もっと堂々として、ちゃんと会話してる感じにしたほうがいいね」

漫才の根本的なところができていないことがわかった。

「そうだな。三年前から準備してきましたみたいなハッタリが必要だ」

わたしたちはＤＶＤをもう一度再生して、細かいところを話し合った。成瀬とわたしではなく、ゼゼカラという漫才コンビだと割り切って見たら意外と平気だった。

「明日から四連休だが、島崎の予定は？」

「ないよ。一応テスト前だから、家で勉強する」

といっても勉強するのはせいぜい二時間ぐらいで、あとの時間は動画を見るなどしてダラダラ過ごしているはずだ。

「それなら毎日五時に来るから、ちょっとだけ練習しよう。こういうのは毎日やることが大切だ」

九月十九日から二十二日の四連休、成瀬は宣言通り五時に我が家にやってきて、ネタ合わせをした。こういう地道な努力を惜しまないところが成瀬らしい。

ネタの完成度も上がり、最初の野球ネタと比べたら格段の進歩が感じられる。一回戦突破やナイスアマチュア賞も夢ではないような気がしてきた。

「そうそう、わたしたちの集合時間が決まったんだ」

成瀬に言われてタブレットでM－1グランプリのサイトにアクセスすると、九月二十六日に出場するコンビの一覧が載っていた。ゼゼカラはGグループ、十四時二十五分集合と書かれている。

成瀬が帰った後、改めてM－1グランプリのサイトを眺めた。わたしの命名したゼゼカラが活字でネットに載っているのがうれしくて、母にも見せる。

「わたしたちの名前が載ってるんだよ」

母は出場者一覧をスクロールすると、「オーロラソースと同じグループじゃん！」と声を上げた。

「オーロラソース？」

画面を見ると、わたしたちの三組上にオーロラソースと書かれている。

「最近よく深夜番組に出てるよ。ツッコミのマヨネーズ隅田《すみだ》がすごいイケメンなの。いいなー。わたしも生《なま》で見たい」

「親が付き添いできるのは小学生までだって。今年はコロナで無観客だから、客席も入れないよ」

「えー、残念」

母がそこまで関心を寄せるオーロラソースとは何者なのか。YouTubeで検索すると、オーロラソース公式チャンネルでネタ動画が公開されていた。大柄なケチャップ横尾《よこお》によるダイナミックなボケに、端整な顔立ちのマヨネーズ隅田が上品かつ的確に突っ込む。スタイルが良く、黒いスーツが似合っていて、人気が出るのもうなずける。

マヨネーズ隅田のツイートには、M－1グランプリ出場を応援するたくさんのリプライがぶら下がっていた。送り主のプロフィールには一様に「マヨラー」と書かれており、マヨネーズ隅田ファンを指す言葉なのだろうと想像がつく。

タブレットをスリープモードにしたら、自然とため息が出た。こんな出来上がったプロも同じ舞台に上がるという。母でさえゼゼカラよりもオーロラソースに食いつくのだから、その差は歴然だ。

ゼゼカラもまぐれで一回戦突破するんじゃないかと思っていたけれど、そのまぐれもなさそうに思えてきた。大阪まで行ったところで見ているのは審査員だけだし、なんのために行くのだろう。考えがマイナス方向に引っ張られ、モチベーションが削られる。

いっそのことなんらかの都合で行けなくなればいいと思っていたのに、実力テストを終え、つつがなく九月二十六日を迎えてしまった。昼過ぎに学校の制服で家を出て、テンションが上がらないまま成瀬と合流し、膳所駅から電車に乗り込む。

二人で電車に乗るのははじめてだ。成瀬のことだから「電車に乗るときはつま先立ちでインナーマッスルを鍛える」などと言うかと思っていたのに、空いている二人掛けの窓側にすんなり座ったので、わたしも隣に腰を下ろす。

「成瀬は大阪よく行くの？」

「あんまり行ったことないんだ。ＪＲ大阪駅から地下鉄梅田駅への乗り換えが迷いやすいから、御堂筋《みどうすじ》線の赤いマークをたどって慎重に進むようにと母からアドバイスされた」

わたしも一番の懸念事項は乗り換えだった。大阪駅で電車を降り、アドバイス通り御堂筋線と書かれた案内板を頼りに進んでいく。

「脱出ゲームみたいだな」

無事に地下鉄乗り場までたどり着いたところで、どこかの野球チームのユニフォームを着た若いカップルとすれ違った。これから野球観戦に行くのだろうかと思いを巡らせた次の瞬間、絶望的な事実に気付いて改札の前で立ち止まる。

「どうした」

「ユニフォーム忘れた」

文化祭の後に洗濯してもらい、クローゼットにしまったところまでは覚えている。きっと今日クローゼットを開けたときも、奥の方で息を潜めていたに違いない。

「ごめん、本当にごめん」

わたしの気の緩みが招いた結果だ。合わせた両手を額に当てて必死に謝る。これからステージに上がるのに、衣装を忘れるなんて。今から母に持ってきてもらったとしても間に合わないし、そのへんで調達できるものでもない。

「大丈夫だ、島崎」

顔を上げると、成瀬は穏やかな表情でわたしを見ていた。

「ユニフォームがなくても漫才はできる。わたしこそ、膳所駅で念のため確認したらよかったな」

わたしが成瀬の立場だったら絶対に不機嫌になっている。心のなかでは怒り狂っているのではないかと疑っていると、成瀬はわたしの思考を見透かしたように首を振った。

「島崎が付いてきてくれただけでいいんだ」

わたしははっとする。成瀬はコンビ結成から今まで一度もわたしを責めていない。わたしの技量や態度に対して言いたいこともあったはずなのに。

「成瀬、わたしに言いたいことあったら言って」

「何もないよ」

目をそらす成瀬を見て、わたしは確信した。成瀬はわたしに期待していない。相方というよりも、腹話術師にとっての人形、手品師にとってのハト、もう中学生にとってのダンボールみたいな存在だ。

もっとも、これはしぶしぶ付き合っていたわたしのせいでもある。こんなことなら、文化祭にも快く出たらよかった。

「ほんとに？　何でも言い合えるコンビのほうが伸びるんでしょ？」

わたしが煽ると、成瀬もなにかに気付いた顔をした。

「それなら、今日は絶対嚙まないでほしい」

「わかった」

わたしたちはＩＣＯＣＡをタッチして梅田駅の改札を通り、地下鉄に乗り込んだ。

朝日生命ホールの入ったビルは地上に出てすぐ近くにあった。入口付近にはたくさんの若い女性が集まって密になっている。この人たちもＭ－１に出るのだろうかと思いながらビルに入り、エレベーターで八階の受付に向かう。

「エントリー料をお願いします」

なんのことかと思っていると、成瀬が財布から二千円を出した。

「え、わたしも払うよ」

「いや、わたしが付き合ってもらったのだから構わない」

わたしは首を横に振り、自分の財布から千円札を取り出す。

「わたしは相方だから」

成瀬は「そうか」と目を細め、千円札を一枚引っ込めた。

わたしたちはエントリー番号の書かれたシールを胸に貼り、控室に移動する。公民館の会議室みたいな机の並んだ部屋で、すでに三組の出場者が間を空けて待機していた。

オーロラソースはすぐにわかった。マヨネーズ隅田は黒いスーツに黒いウレタンマスクで決めていて、顔が隠れていても男前オーラが漂っている。さっき入口にいた女性たちは出演者ではなく出待ちのマヨラーだったに違いない。

あとの二組は若い男性コンビと、おじいちゃんと小学生の孫らしきコンビだった。

「５０８２は２×３×７×11×11だな」

成瀬はなぜかわたしたちのエントリー番号の５０８２を割り算していた。

「何それ」

「大きい数を見ると素因数分解したくなるんだ」

オーロラソースのエントリー番号は三桁で、早いうちにエントリーしたことがうかがえる。

「よし、最後にネタ合わせしておこう」

わたしと成瀬は壁に向かって立ち、最後のネタ合わせをした。

「成瀬はユニフォーム着るの？」

「いや、着ないつもりだが」

二人とも制服の白いシャツに黒いスカートという点では統一されているが、エントリー用紙に貼ったユニフォームの写真と比べると特別感に欠ける。

「成瀬だけでも着たらいいじゃん」

「いや、これでちょうどよかったんだ。全然関係ないのに西武ライオンズのユニフォームでキャラクターを出そうという考えの方が甘かった。とにかく中身で勝負するしかない」

そんなことを言っているうちにスタッフが来て、わたしたち四組に移動を促した。オーロラソースはスマホで自撮りをしている。ＳＮＳに「今から行ってきます」と投稿するのだろう。

　舞台袖ではソーシャルディスタンスを取って出番を待った。もっと緊張するものだと思っていたが、現実感がなくてふわふわしている。

　同じグループで最初の出番のオーロラソースは合図とともに元気よく駆け出していった。威勢のよい声が聞こえるが、笑い声は聞こえない。

「成瀬はオーロラソース知ってた？」

　わたしが小声で尋ねると、なぜ今ソースの話をするのだという顔をされた。

「今出てるコンビの名前」

　成瀬は合点がいったようにうなずく。

「知らなかったが、プロっぽいとは思ったんだ。将来兄さんになるかもしれないし、ちゃんと挨拶すべきだっただろうか」

「いや、このご時世だし不用意に話しかけなくてよかったと思うよ」

　そんなことを言いつつ、ちょっとしゃべってみたかった気もする。

　前のコンビの出番が終わって舞台を覗いてみると、スタッフがマイクを消毒していた。

「いよいよだな」

　わたしたちはマスクを外してポケットにしまう。成瀬あかり史にＭ－１グランプリ出場が刻まれる時がきた。合図の音楽が鳴り、「はいどうもー！」とマイクの前に立つ。

　正面を向いたわたしの目に飛び込んできたのは、空席だった。最大三百六十八人が収容できるホールの真ん中あたりに、わずか四人の審査員がばらけて座っている。その後方にはスタッフがちらほらいる程度で、ほとんどの座席が茶色い背もたれを見せていた。コロナでなければディープなお笑いファンが座っていたのだろう。文化祭で二百四十人を前にしたときのほうがよっぽど緊張した。

「膳所から来ましたゼゼカラです、よろしくお願いします」

成瀬の声を聞いて、あぁいつもの通りだと安心する。

「最近、家の近くにあった西武大津店が閉店したんですよ」

「そんなこともあったねぇ」

「なんでそんな昔みたいな言い方やねん！　先月の話やろ！」

毎日練習してきたものが、この一回で終わってしまう。そう思ったら頭のてっぺんから魂が抜けていくような感覚になり、あわてて意識を集中させた。客席からはまったく笑い声が聞こえないが、そんなことはどうでもいい。成瀬と約束したように、嚙まずにやり遂げなくてはならない。

演じているうちに、わたしは成瀬を俯瞰で見ているような気持ちになった。今は数えるほどしか人がいないけど、いつか成瀬は大勢の前でステージに立つだろう。できることならわたしもそばで見ていたい。

「もうええわ！　ありがとうございました！」

深いお辞儀から顔を上げたわたしは、空席だらけの客席を目に焼き付けた。

「なんだか夢みたいだったな」

成瀬はそう言ってガリガリ君ソーダ味をかじった。

漫才を終えたわたしたちはまっすぐ膳所駅へと戻ってきた。駅を出たら見慣れた景色が広がっていて、つい一時間前まで大阪の大都会にいたなんて嘘みたいだった。そのまま帰るのが寂しくなったわたしは、成瀬を誘ってセブンイレブンでアイスを買い、馬場《ばんば》公園のベンチで食べることにした。

わたしはチョコミントバーを食べながら、道の向かいにある元西武大津店を眺める。すでに人の出入りはなく、取り壊されるのを静かに待っているようだった。

「結果発表はいつだっけ？」

「今日の二十一時だ」

成瀬は食べ終わったガリガリ君の棒を袋にしまった。

結果発表はわたしの部屋で一緒に見た。ゼゼカラは一回戦敗退。ナイスアマチュア賞は別のコンビが獲っていた。そう甘くはないとわかっていても、やっぱり悔しい。成瀬の様子をうかがうと、表情を変えずにうなずくだけだった。

オーロラソースは一回戦を通過していた。マヨネーズ隅田の報告ツイートにはお祝いのリプライが殺到している。あの静まり返った朝日生命ホールに居合わせたことを、マヨラーたちに自慢したくなる。

「また来年も出る？」

わたしが尋ねると、成瀬は首を傾げた。

「初挑戦はこんなものだと思っていたが、やっぱりお笑いの頂点は遠そうだな。一応出るつもりでいるが、来年になったらもっと別のことをやりたくなっているかもしれない。どちらにせよ、これで一生『Ｍ－１グランプリに出たことがある』と言えるようになったな」

成瀬に言われて、わたしの人生にもＭ－１グランプリの出場歴が刻まれたことに気付いた。今年の決勝戦はいつにも増して楽しみだ。

「思った以上に漫才は楽しかった。また来年も文化祭でやりたい」

「えー、そっちのほうがやだ」

口では嫌がってみせたが、わたしも文化祭のほうが楽しかった。二人でユニフォームを着られたのもいい思い出だ。

成瀬はまたルーズリーフを取り出して何やら書きはじめた。次はどんな漫才ができるのだろう。こんな感じでおばあちゃんになってもゼゼカラをやっていられたら最高だと思った。

階段は走らない

キヨスクで買ったカラフルなグミを食べると、チープな甘さが疲れた脳に沁みわたる。今日は無事に大阪駅から座れた。滋賀に住んでいると言うととんでもない僻地《へきち》から通勤していると思われがちだが、新快速に乗れば四十分で大津駅に着く。若い頃は立っていても余裕だったけれど、四十を過ぎた今ではなるべく座りたい。

スマホでTwitterを開くと、見慣れたアイコンが並ぶタイムラインから「ショック」「悲しい」の文字が見えた。何事かとスクロールして詳細を求め、震源を発見したときには口からグミが飛び出そうになった。

〈西武大津店、営業終了へ

西武大津店（大津市におの浜2）が、来年8月末で営業を終了することがわかった。同店は1976年6月に西武百貨店大津店としてオープン。1992年度をピークに、近年は売上が低迷していた。44年の歴史に幕を下ろすことになる〉

今は十月だから、閉店まで一年を切っている。口の中に残っていたグミを奥歯で嚙むと、いちごともりんごともつかないフレーバーが広がった。

——西武が、ついになくなる。

俺は一九七七年生まれで、西武とともに人生を歩んできたといっても過言ではない。最近はたまにしか足を運んでいなかったけれど、ずっとそばにあるものだと思っていた。

ツイートに目を通していると、ＬＩＮＥにマサルからメッセージが入ってきた。

「敬太《けいた》も西武のニュース見た？」

幼なじみのマサルは西武大津店の近くのときめき坂に事務所を構える弁護士だ。妻と二人の息子とにおの浜のマンションに住んでいる。実家暮らしで独り者の俺のことは誘いやすいようで、今でもちょくちょく会っていた。

「見たよ」

俺が返信すると、すぐに「日曜日、西武行かない？」と返ってきた。今さら行ってもどうしようもないのに、行きたくなる気持ちもわかる。俺が承諾すると、午後三時に入口前集合と決まった。

スマホの画面を切り替え、再びTwitterを開く。フォロー数五百、フォロワー数五十の弱小アカウントで、愚にもつかないことを時折つぶやいている。偽名でやっているので、リアルの知り合いには気付かれていないはずだ。

マサルが本名に顔写真アイコンでTwitterをやっているのは知っているが、フォローしていない。西武閉店に触れているか気になって検索してみると、ニュース記事のリンクに「寂しい」の一言と泣き顔の絵文字をつけてツイートしていた。

俺は西武大津店営業終了を報じたおうみ日報のツイートに、「ついにこの日が来てしまったか」とコメントをつけて引用リツイートする。俺のささやかな投稿は大津市民のツイートの流れに紛れていった。

三日後、約束通り西武に行くと、水色のシャツを着たマサルは見知らぬおっちゃんと談笑していた。俺が近付くと、「ほな、また」とおっちゃんのほうから去っていく。

「相変わらず顔が広いな」

このあたりを歩いていると、マサルはよく話しかけられる。その人当たりの良さは天才的で、そのうち議員になるんじゃないかと踏んでいる。

「みんなニュース見て来たのかな。いつもより人が多い気がする」

マサルがメガネのフレームを直しながら言う。俺たちのように待ち合わせしている客も多いようで、そこかしこで「久しぶり」と唱える輪が生まれていた。

店に入ると、耳慣れた西武ライオンズの応援歌が流れている。閉店が発表されたからといって変わった様子はなく、いつもどおり営業していた。

俺たちは特に目的もなく売り場を見て回ることにした。マサルが昔の細かいエピソードを語るたび、俺は「よくそんなことまで覚えてるな」と感心する。

「そうだ、屋上って今も入れるのかな？」

六階まで来たところで、マサルが言い出した。

屋上には神社がぽつんとあって、良く言えば静謐な、悪く言えば寂しい雰囲気を醸し出していた。小学生の頃はよく出入りしていたが、大人になってからは行っていない。

「行ってみようか」

俺たちは屋上につながる大階段に移動した。昔はお城から切り出したように輝いていた大理石調の階段も、今では全体的に黒っぽく汚れている。

「小三ぐらいのとき、みんなで競走して店長に怒られたよな」

階段を上りながら言うと、マサルが「そんなこともあったね」と懐かしそうに言う。店長は背が高く、スーツも靴もピカピカで、俳優みたいに見えた。関西弁で怒鳴られることに慣れていた俺たちは、「怪我をしたら危ないから、走ってはいけないよ」と東京弁で穏やかに諭され、素直にうなずくしかなかった。

最上階の七階まで階段を上ってみたものの、それより先は鉄柵で封じられていた。柵は容易に乗り越えられそうな高さだが、マサルは「立場上入るわけにはいかないな」と笑う。仮にここを通れたとしても、屋上に通じるドアが施錠されていて出られないだろう。

「もう二度と上がれないんだな」

口に出したら胸がぎゅっと苦しくなった。ここまで楽しく思い出を振り返ってきたのに、急に現実を突きつけられたようだ。俺もマサルもしばらく無言になって柵の向こうを見上げていた。

「お茶でもしようか」

我に返ったようにマサルが言う。同じ階のレストラン街方面へ歩いていくと、二人の男が串カツ屋から出てくるのが見えた。

「あれ、マサル？」

どこかで見覚えのある男前が話しかけてくる。

「うわー！　竜二《りゅうじ》と塚本《つかもと》じゃん！」

俺が思い出すより先にマサルが言った。竜二も塚本も小学校の同級生だ。二人はすでに大津を離れているが、西武閉店のニュースを聞きつけてやってきたという。

「俺はいま大津で弁護士やってて」

「知ってるよ。吉嶺《よしみね》マサル法律事務所の前を通ってきたんだから」

「敬太は何の仕事してるの？」

「大阪のWeb会社でホームページとか作ってる」

そのまま四人で近況を話していると、背後から「もしかして、マサルくんじゃない？」と呼びかける声が聞こえた。振り向くと、同世代の女性二人が立っている。

「えっ、マジですごくない？　相澤《あいざわ》さんと今井《いまい》さんだよね」

マサルの超人的な記憶力のおかげでなんとなく記憶が蘇る。二人は顔を見合わせ、「久しぶりに旧姓で呼ばれたね」と笑った。

「そこでパフェ食べてきたの」

丸顔の今井さんが喫茶ミレーを指して言う。

「西武が閉店するって聞いたら、いても立ってもいられなくなっちゃって」

相澤さんは東京からわざわざ新幹線に乗って駆けつけたという。結婚式の二次会みたいなワンピース姿で、気合いが入っているようだ。そういえばみんな赤と黒のランドセルだった時代に、相澤さんだけピンクのランドセルだった。

「俺たちも今偶然会ったんだよ」

「ウソでしょ?」

「竜二くん今もイケメンだね」

「昔めちゃくちゃモテてたもんね」

それぞれが会話をはじめ、解散しがたい雰囲気になっている。こういう集団、飲み屋の前で道を塞いで邪魔なんだよなと思ったところで、マサルが声を上げた。

「こんなところで立ち話もなんだから、うちの事務所で飲まない?」

プールで自由時間を与えられた小学生のように、四人の目が輝く。

「えっ、いいの?」

「行こう行こう」

戸惑いが顔に出ていたのか、マサルが小声で「敬太も行ける?」と確認してきた。今日はマサルと会うだけのつもりだったから、ユニクロのポロシャツとジーパンというこの上なく気を抜いた服装で来ている。正直なところ面倒くさいが、盛り上がりに水を差すのは本意ではないので「もちろん」と笑顔を作った。


一階のスーパーで飲み物やつまみ類を買って西武を出た。ときめき坂の途中には俺たちの出身小学校がある。

「ときめき小ねぇ」

正門に掲げられた「大津市立ときめき小学校」の校名板を見て、塚本が苦笑する。俺たちが学んだ場所はここで間違いないのだが、当時は大津市立馬場《ばんば》小学校だった。平成初期、公募でときめき坂の愛称が付けられたのを機に、学校の名前もときめき小学校に変更されたのだ。

もう少し坂を上ると、吉嶺マサル法律事務所の青い看板が見えてくる。事務所の前は何度も通っているが、中に入るのははじめてだ。

案内された相談室にはブラインドがかかった大きな窓があり、白い長方形のテーブルには八脚の椅子が並んでいた。買ってきたビールやチューハイ、ソフトドリンクやおつまみを手分けして並べていく。

「それでは、皆さんとの再会に、かんぱーい！」

マサルの音頭で「かんぱーい」の声が上がる。俺もメンバーたちと缶を合わせ、さわやか桃チューハイを一口飲んだ。一呼吸置いて、みんながわいわい話し出す。あまり乗り気ではなかったものの、はじまってしまえばなんとかなる気がしてきた。

「この柚子胡椒チップスめちゃくちゃおいしいんだけど、このあたりだと西武でしか売ってないの。閉店前に買いだめしないと」

今井さんが見慣れないポテトチップスをすすめてくれた。その様子を見て、昔からしっかり者のお母さんキャラだったなと思い出す。一枚もらって口に入れるが、あまり好きな味ではなかった。

「ネットでも買えるんじゃない？」

「そうだけど、ふらっと行って一袋から買えるのがいいんだよ」

俺がきのこの山で口直ししていると、マサルが「俺はおつかいものの菓子折りを買えなくなるのが困るな」と話す。うちのおかんも「なんやかんや使ってたから不便になるわ」と言っていたし、地域住民の生活に結びついていたのがわかる。

「さっき敬太と屋上行こうとしたら、柵があって入れなくなってたよ」

マサルが言うと、塚本が「あれはバブル崩壊で多額の借金を抱えた社長が飛び降りて、立入禁止になったんだよ」と自信満々に答えた。

「えー？　わたしは失恋した女の人が飛び降りたって聞いたことあるけど」

相澤さんが応じる。どちらも都市伝説みたいな話だ。ほかのメンバーも心当たりがないようで、「ほんとかなぁ」と首を傾げている。

「でもそういうのあるかも。うちの子が小さかったとき、六階の催事場に行くと必ず泣いたの。ほかの場所では全然平気なのに、決まって同じ場所で。赤ちゃんって大人には見えないものが見えるって言うでしょ？　あのへんに成仏できない何かがいたのかなって」

今井さんが言う。幽霊なんていないとわかっていても、なんとなく不気味だ。行く手を塞ぐ鉄柵も、何かを封印していたように思えてくる。俺は気を紛らわすために桃チューハイを一口飲んだ。

「あっ、そういえば」

空気を変えるかのようにマサルが立ち上がり、壁際の本棚を探りはじめた。

「卒アルあったよー！」

マサルが両手で卒業アルバムを掲げると、歓声が上がった。

「なんで職場にあるんだよ」

「何かの機会に持ってきて、置きっぱなしになってたみたい」

マサルがページをめくるたび、みんなが反応する。マサルや俺が載っている六年三組のページになると、ひときわ大きな笑い声が上がった。

「マサルくん、全然変わらないよね。さっきも見てすぐにわかったよ」

相澤さんが言うと、マサルは「この前息子と歩いてたら、兄弟と間違われて参っちゃったよ」と応じて爆笑をさらった。

「あっ、タクローも三組だったんだ」

竜二の一言で、「タクローー!」「懐かしい!」とさらに盛り上がる。久しぶりにその名前を聞いたら、まるで自分の名前が呼ばれたかのようにびくっとした。

「敬太もタクローと仲良かったよな」

塚本からの不意打ちに、「そ、そうだな」と声が裏返る。

「応援団長やってたの、カッコよかったよね」

「さっちゃんあの頃タクローのこと好きだったでしょ」

「いっつもライオンズの帽子かぶってたよな」

タクローこと笹塚拓郎《ささづかたくろう》は学年でも目立つ存在で、俺たちの中心人物だった。いつでも先頭を切って走り出し、面白いルールの遊びを生み出した。家でファミコンをやるよりも、琵琶湖畔や西武でタクローと遊ぶほうが楽しかった。

「でも、タクローくんって卒業前に転校したんじゃなかったっけ?」

今井さんが言うと、にぎやかだった空気がしんとした。

タクローは小学六年生の冬休みに突然消えた。年が明けて学校に行ったら、タクローが転校したらしいという話で持ち切りになっていた。担任の浅井《あさい》先生から「笹塚くんは急に転校することになりました」と告げられたとき、俺はとっさに振り返ってマサルの席に目をやった。マサルは両手で顔を覆っていて、表情は見えなかった。

「この前、Twitterでタクローって人見かけて、もしかしてって思っちゃった」

「えっ？　ちなみにどの人？」

マサルが食いつくと、相澤さんは「たしか閉店発表のときに見かけたんだよね。新聞記事のリツイートだったかな？」と言いながらスマホをいじる。俺は思わず、食べたくもない柚子胡椒チップスに手を伸ばしていた。

「あ、いたいた。この人」

マサルは相澤さんのスマホを両手で丁寧に受け取り、画面をスワイプする。

「ほんとだ、ゲームボーイ発売三十年のニュースに反応してるから同世代かも」

Twitterから話をそらしたくて、「俺たちが小学校卒業したのって何年だっけ？」と声を上げた。マサルは「一九九〇年の三月だね」と答えながら相澤さんにスマホを返す。

「ってことは、来年で小学校卒業三十年じゃない？」

竜二が世紀の大発見をしたかのような勢いで言う。

「気付かなかった！　同窓会とかやらないのかな？」

「今までやったことないね」

「今日偶然会ったのも、同窓会やれっていう神様のお告げじゃない？」

全員の視線がマサルに集まる。何度も学級委員を務め、今も地元に住んでいる。幹事としてこれ以上ない適任者だ。

「そんなふうに期待されたらやらないわけにはいかないな」

Twitterのアイコンを思わせる爽やかな笑顔でマサルが応じる。誰からともなく拍手が起こり、俺も空気を読んで手を叩いておいた。

「西武が閉店する前にやりたいよね」

「二百人いるけど、何人ぐらい来るんだろう」

「LINEのグループ作るぐらいならやるよー」

ビール片手に好き勝手言うメンバーの中心で、マサルはメモを取りながら相槌を打っている。俺はそれを横目に見ながら、キャラメルコーンを口に運んだ。

六時になり、事務所飲みはおひらきになった。同窓会は来年の七月にびわ湖大津プリンスホテルで開催するという。

「西武閉店のニュースでへこんでたけど、そのおかげでみんなに会えて、同窓会も決まって、新幹線に乗って来た甲斐があったよ」

相澤さんが喜んでいる。

「ほんとだよな。塞翁が馬ってやつ？」

竜二もうれしそうだ。参加者たちは口々に「また来年」と言いながら、テンション高く帰っていった。

俺はマサルと事務所に残って片付けを手伝った。静かになった相談室で、ビールの空き缶やお菓子の袋が四人の気配を残している。

「マサル、忙しいのに同窓会の幹事引き受けて大丈夫？」

マサルは地域密着型の弁護士として幅広く活動し、ときめき地区の夏祭りの実行委員長にもなっている。家事や育児も積極的にやっているようだし、それに加えて同窓会の幹事までやるなんて、どう考えても大変すぎる。

「うん。こういうの得意だし、誰かがやらなきゃならないことだから」

マサルはごみをまとめながら、曇りのない笑顔で答えた。いつも誰かの後についていく俺とは持って生まれたものが違うらしい。

「それに、同窓会をやったら、タクローに会える気がしたんだ」

マサルの表情に翳《かげ》りが見えた気がして、俺は視線を落とした。テーブルを拭くのに集中するふりをしながら、あのときのことを思い出す。

一九八九年の暮れ、俺たちは西武の大階段にいた。売り場は年末セールで混み合っていたが、階段を使う人はほとんどいないため、多少騒いでも怒られない。暖房もうっすら効いていて、寒い冬には格好の溜まり場だった。あの日も俺とタクローとマサル以外に、あと三人ぐらいいたはずだ。

マサルはクリスマスに買ってもらったばかりのゲームボーイを持ってきて、みんなにテトリスをやらせてくれた。順番にプレイしてみたものの、不慣れですぐに詰まってしまう。俺もタクローも全然ダメだったが、バカにする空気はなく、みんなで笑っていた。

最後にマサルがやって見せてくれた。ブロックが面白いように噛み合い、積み重なったかと思えば三段四段まとめて消えていく。俺たちはマサルを取り囲み、小さな画面を夢中になって見つめていた。

マサルがゲームオーバーになると、タクローは立ち上がった。

「せっかくみんな集まってるんだし、グリコでもしようぜ」

タクローの主張はもっともだと思ったが、俺はマサルのプレイを踏まえてもう一度テトリスをやりたいと思っていたし、ほかのメンバーも二巡目に期待する雰囲気だった。マサルもそれを感じていたようで、「もう一周だけテトリスやろうよ」と提案してくれた。しかしタクローは折れず、「そんなのいつだってできるだろ」と言った。決して嫌な言い方ではなかったと記憶しているが、マサルにしては珍しく、強めに反論した。

「いつもタクローの言うとおりにしてるんだから、たまには俺たちに譲ってよ」

俺はそこではじめて「言われてみればいつもタクローの言うとおりにしてるな」と気付き、マサルはタクローの振る舞いに思うところがあったのかと驚いた。

そこから二人は日ごろのお互いの態度について不満を述べはじめた。どちらの言い分にも共感できる気がして、俺は黙って見ていることしかできなかった。

「わかった。勝手にしろよ」

最後にタクローはそう吐き捨てて、階段を走って下りていった。

所詮は小学生同士の軽い揉め事だ。この程度の衝突はよくあることだったし、年明けには何事もなくみんなで遊べると思っていた。タクローがいなくなるなんて、これっぽっちも思っていなかった。俺たちが年末年始に家族で過ごしている間、タクローはどんな気持ちで引っ越していったのだろう。

そんなことがあったから、マサルとの間でタクローの話題はなんとなく避けていた。俺も会えたらいいとは思うけれど、同窓会の開催を伝えるあてはあるのだろうか。

「タクローの連絡先、知ってるの？」

「知らないけど、探したら見つかるんじゃないかな」

そう簡単ではないことを俺は知っている。これまでに何度か笹塚拓郎の名前を検索しているが、本人に行き着く情報は得られていない。

「見つかるといいね」

素直にそう思った。俺が見つけられなかっただけで、マサルなら見つけてくれるかもしれない。マサルは「きっと見つかるよ」とうなずいた。

片付けを終えて事務所を出る。十月も中旬になり、涼しくなってきた。琵琶湖のほうに目をやると、西武大津店の屋上の青い看板が光っているのが見える。来年の今ごろにはあの光が消えているのだと思うと、夜風が冷たく感じられた。

＊

二〇二〇年に入ると、世界中で新型コロナウイルスが流行し、人の行き来が制限された。不自由を覚えている人が多い中、俺はテレワークが導入されてひそかに喜んでいた。それまで会社に対してわだかまりが生じるたびブラック企業なのではないかと疑っていたが、世に先駆けて全面在宅勤務に切り替えたときにはなんと素晴らしい会社なのかと認識を改めた。

　静かすぎても落ち着かないので、部屋のテレビをつけたまま作業している。中でも気に入ったのが、びわテレで夕方に放送している「ぐるりんワイド」だ。滋賀の情報を伝えるローカル番組で、高視聴率を狙っていそうにない雰囲気に癒やされる。

　ぐるりんワイドによると、先週金曜日の六月十九日から、西武大津店の歴史を振り返る「西武大津店44年のあゆみ展」がはじまったという。見に行きたいなと思っていたら、その日のうちにマサルから「西武のパネル展見に行かない？」とＬＩＮＥがきた。


　待ち合わせの正面入口には俺が先に着いた。新たに電光掲示板が置かれ、「閉店まであと65日」と表示されている。もっとめでたい話題ならまだしも、閉店までのカウントダウンは寂しいだけだ。

　マサルは緑と黒の市松模様のマスクをつけてやってきた。しばらく会うのを控えていたから、顔を見るのは久しぶりだ。俺が「いいマスクしてるな」と冷やかすと、「妻が子どものマスクを作るついでに作ってくれたんだよ」とのろけた。

　七階の会場では、壁一面に写真パネルが貼られている。

「おっ、バードパラダイスだ」

　現在ピラミッド形のガラス窓として使われている一帯は、かつてバードパラダイスという名称でたくさんの鳥が放し飼いにされていた。展示されている写真は白黒でも、俺たちはカラフルな鳥が飛び交っている様子を思い出せる。

「たしか、風船の自販機もあったよな」

「あったあった。妹がよくおとんに買ってもらってた」

天井には子どもたちの手から解き放たれた風船がプカプカ浮かんでいたものだ。妹は家まで慎重に持ち帰っていたが、翌日にはしぼんでしまい、泣きべそをかいていた。

ほかの客も写真パネルを指差しながら思い出話に花を咲かせている。知らないおっちゃんの「懐かしいな～」の大声に、心のなかでうなずいた。

展示を一通り見終えると、同じ階にある喫茶ミレーに入った。ミレーの名物といえばパフェである。俺はチョコレートパフェ、マサルは抹茶パフェを注文した。

「うちの事務所もコロナ対策でビニールカーテンとかアクリル板とか付けたんだけど、意味あるのかな」

向かい合う俺たちの間は透明なアクリル板で仕切られている。

「子どもたちも学校行事が中止になっちゃってかわいそうだよ。上の子は今年うみのこなんだけど、泊まりじゃなくて日帰りになるらしくて。運動会も学年で分かれてやるんだって」

うみのこは滋賀の小学五年生がみんな乗る学習船だ。それは気の毒だねと言ってはみたものの、子どもはさほど気にしていないんじゃないかとも思う。少なくとも俺は学校行事に燃えるタイプじゃなかったから、面倒事が減って喜んでいたかもしれない。

「同窓会も延期になっちゃって、残念だったね」

俺が調子を合わせると、マサルは「ほんとに残念だよ」とわかりやすく顔をしかめた。

同窓会計画が白紙になったのは三月下旬のことだ。二月下旬にはすでに雲行きが怪しかったが、夏までにはなんとかなるだろうという楽観もあった。しかし一斉休校や相次ぐイベントの中止を目の当たりにし、マサルは同窓会の延期を決めた。

「あー、なんでこんなことになっちゃったんだろう」

悔しそうに頭を抱えるマサルを見て、俺は思わず「そんなにやりたかったの？」と口走っていた。同級生に会ったところで生活に変化が起こるわけでもないし、まさに不要不急のイベントだ。

マサルは気を悪くした様子もなく、軽い調子で「やりたかったよ～」と答える。

「小学校って特別なんだよ。高校、大学と進んでいくうちに、出会う人の幅って狭くなっていくでしょ？　それに引きかえ小学校はたまたま同じ年に近所で生まれただけの人が集まるから、いろんな人と出会える」

たしかにマサルのような有能な弁護士と、しがないサラリーマンの俺が、大人になってから出会って意気投合するとは思えない。一応は納得したものの、マサルは二人の息子を受験させて附属小に入れたんだよな、なんてことを思う。

「去年、西武でみんなと会って、事務所で飲んだのがすごく楽しかったんだ。別々の道を歩んできたのに、小学校六年間を一緒に過ごした者同士でわかり合えるものがあるって感じて、ぐっときてね。これからも、このつながりを大事にしたいって思ったんだ」

マサルの熱弁に耳を傾けていたら、店員がパフェを運んできた。

「お待たせしました。チョコレートパフェのお客様」

チョコレートソースがかかったソフトクリームを中心に、いちごとバナナとワッフルが飾られている。自然と口元が緩み、投稿するあてもないのに写真を撮った。

「西武があるうちにやりたかったな」

マサルはパフェに似つかわしくない沈んだ表情をしている。口の中で溶けていくソフトクリームを味わいながら、ポジティブな声掛けができないものかと考えを巡らせる。

「せっかく時間ができたんだし、連絡先がわからない人をじっくり探してみたら？」

俺の提案に、マサルの表情が明るくなった。

「そうだね！　頑張って探すよ」

マサルがソフトクリームをたっぷりすくうのを見てほっとする。

「同級生のＬＩＮＥグループにはもう百人ぐらい登録されてるよね？」

「うん。それ以外にも連絡がついた人が二十人いて、残りの八十人が行方不明なんだ。残念ながらタクローも見つかってなくて」

弁護士ならではの特別なルートがあるんじゃないかとひそかに期待していたが、そういうものでもないらしい。

「Facebook は一通りチェックしたんだよ。次は Twitter を調べてみようかな」

「本名でやってる人なんて、あんまりいないんじゃない？」

「俺は本名だけどな」

パフェを完食した俺たちは、会計をしてミレーを出た。

「胃にずっしり来たよ」

マサルが腹に手を当てる。

「もうおっさんだからな」

店の前のショーケースにはワッフル、パフェ、サンドイッチ、スパゲッティの食品サンプルが色とりどりに並んでいる。子どもの頃はパフェなんて特別なときにしか食べさせてもらえなかったから、兄貴と妹と三人で何を頼むかワクワクしながら悩んだものだ。

テナントの中には近くに移転オープンする店もあるが、ミレーは西武大津店の閉店とともに店をたたむという。閉店後、これらのサンプルがどうなるのか考えたら胸が痛くなって目をそらした。


八月になると、ぐるりんワイドで西武大津店からのカウントダウン中継がはじまった。画面に映る電光掲示板には「閉店まであと29日」と書かれている。その隣に西武ライオンズのユニフォームを着た中学生ぐらいの女の子がミニバットを持って立っていた。カメラ目線で、明らかにテレビに映るために立っている。今どきの子どもはテレビなんて興味がないものだと思っていたが、こういう子もいるらしい。

女子中学生はその後も毎日テレビに映っていた。俺はごく軽い気持ちで「ライオンズ女子、今日も映ってる」とTwitter に投稿した。

仕事を終えてスマホを見ると、マサルからＬＩＮＥが届いていた。

「前に話題になったタクローってアカウント、びわテレのぐるりんワイドを見てるみたい。西武のこと気にしてたし、もしかしたらほんとにタクローなのかも」

「タクローなんて名前、どこにでもいるよ。偽名かもしれないし」

そんなふうに気のない返事をしながらも、ドキドキしているのは否めない。マサルは該当のツイートのURLを送ってきた。

「リプライを送って探りを入れてみるよ」

「いや、どんな人だかわからないし、やめといたほうがいいんじゃない？」

「関係なければ無視するでしょ。なんとなくだけど、この人、近い場所にいるような気がするんだよな」

俺はしばし考えたのち既読スルーし、スマホのホーム画面に戻った。Twitter のアイコンに、めったに表示されない赤い通知マークが表示されている。

――大津市の馬場小学校に通っていた吉嶺マサルと申します。個人的にお尋ねしたいことがあり、フォローしました。よろしければ、DMを送っていただけないでしょうか？

俺はスマホをスリープモードにしてキーボードの上に置き、天を仰いだ。

タクローは俺が Twitter で使っている偽名だ。

アカウントを作ったとき、本名とは違う人名にしようと、とっさに頭に浮かんだタクローの名前を入力した。アイコンはそのへんで適当に撮った空の写真だ。

相澤さんとマサルに認識されて以来、固有名詞を避けて慎重にツイートしてきた。最近投稿したのは「テレワーク最高」とか、「マスクが店頭に並びはじめた」とか、どこにでもいる会社員としか思えない内容である。ぐるりんワイドとも西武大津店とも書かなかったのに、ライオンズ女子というキーワードでマサルの目に留まるとは思わなかった。

俺は再度スマホを手に取り、マサルのメッセージを見ながらどう返信すべきか考える。今さら正体をばらすよりは、徹底的にとぼけたほうがいいだろう。

――はじめまして。どのようなことでしょうか?

俺は意を決してDMを送信した。仮に本物のタクローだったら、馬場小学校の吉嶺マサルという名前に反応する可能性が高い。この時点でマサルは人違いを悟るはずだ。

気を揉む間もなくマサルからの返信が届いた。

――すみません。タクローという名前の同級生を探しているんですが、もしかしたらあなたがそのタクローではないかと思い、不躾なリプライを送ってしまいました。大変申し訳ありません。お気になさらないでください。

礼儀正しい文面を見て、俺は大きくため息をつく。

――そうなんですか! 見つかるといいですね!

やり取りは済んだものの、今後もマサルにツイートを見られると思うとしんどい。だからといってなんの落ち度もないマサルのアカウントをブロックするのは忍びない。思い切ってアカウントを削除しようかとも思ったが、俺が選んでフォローしたアカウントがつれづれに投稿しているのを眺めるのが楽しいわけで、これを解体するのは惜しい。

西武大津店の閉店もこれと似ていることに気付く。無印良品も、ロフトも、ふたば書房も、百貨店そのものも、京都や草津に行けばある。重要なのはそれらの機能が大津市におの浜に集まっていたことにあって、ばらばらになってしまっては価値がない。

LINEにはマサルから「やっぱり人違いだったみたい」と簡潔な報告が届いた。勝手に期待したのだから自業自得だと思いつつ、ちょっとだけ罪悪感がある。こんなに手がかりの薄いTwitterのアカウントにリプライを送るほど、マサルはタクローに会いたがっているらしい。しかも、同級生探しに力を入れるようアドバイスしたのは俺である。俺が今のタクローについて知っていたらどんなによかっただろう。

念のためGoogleで「笹塚拓郎」を検索するが、自動生成されたような姓名判断のサイトが表示されるだけで何も見つからない。もしも俺が「笹塚拓郎さんを探しています」というサイトを作ったら上位表示されるだろうが、勝手に名前を載せるのは問題がありそうだ。

俺の名前だったら載せてもいいのにと考えて、ふと気付く。タクローや、まだ連絡が取れていない同級生も、ほかの同級生の名前を検索することがあるかもしれない。同級生の名前をひとつのページに集めて、「同級生の方はここからご連絡ください」とフォームを設置したら、連絡をくれる同級生がいるんじゃないだろうか。

俺はマサルに電話をかけて、「同級生のためのホームページを作ろうと思うんだけど」と概要を説明した。

「ぜひ頼むよ！」

電話越しにもマサルの興奮が伝わってくる。俺はスマホをハンズフリーにして机に置き、さっそくローカル環境でひな型を作りはじめた。

「名前を載せるだけじゃなくて、メッセージを募集して載せたらどうかな？」

マサルの提案を聞いて、同級生の名前とメッセージが並ぶイメージが浮かんだ。ほかの人が参加しているのを見たら、自分も書こうと思う人が増えるかもしれない。

「誰でも書き込めるようにしたら荒らされるかもしれないから、名前とメッセージを確認した上で載せたほうがいいね」

　ページをデザインしていくうちに、気持ちが弾むのを感じる。

「実名NGの人もあだ名とかハンドルネームで載せたらいいし、顔出しOKの人は写真も送ってもらったら、Web同窓会みたいになるかも」

「え、それ、めちゃくちゃいいじゃん」

　マサルの笑顔が目に浮かぶ。こんなに楽しみながらサイトを作ったことなんて、今までなかったかもしれない。電話を切った後も、グミを食べながら作業を続けた。


〈滋賀県の大津市立馬場小学校（現ときめき小学校）１９９０年3月卒業生の同窓会ページです。１９７７年度（昭和52年4月2日から昭和53年4月１日）生まれで、馬場小学校に在籍していた人は、こちらのフォームからメッセージをお寄せください。途中で転校した人も大歓迎です。ご自身の近況、来年開催予定の大同窓会への意気込み、まもなく閉店する西武大津店の思い出など、なんでも構いません。

【発起人】吉嶺マサル、稲枝《いなえ》敬太〉

　思いつきから二日後、同窓会ページは無事にアップロードできた。怪しいページだと思われないよう、マサルの事務所のホームページと同じドメインを使っている。マサルは「敬太の名前を先にしなよ」と言ってくれたが、俺はあくまで補助のポジションにいたいので、そのままにした。

ヘッダーにはときめき小学校の写真を入れた。説明文とメッセージフォームが入り、そこから下に写真と表示用の名前、メッセージが入った吹き出しが並ぶ。竜二や相澤さんたちにもメッセージを送ってもらい、先行してアップしておいた。

準備が整ったところで、マサルは同級生のＬＩＮＥグループに「同窓会ページを作りました！　こちらのＵＲＬからぜひメッセージを送ってください」と呼びかけた。俺も発起人の一人として何か言うべきか迷っているうちに、「ＯＫ」「いいね」といったスタンプが連なりはじめ、心拍数が上がっていく。

二、三人でも反応があればいいなと思っていたのに、一晩で十人からメッセージが届いた。「コロナでなかなか滋賀に帰れないので、こういう機会を設けてもらえてうれしいです」とか「懐かしい名前が載っていたので参加しました。西武の閉店はショックです」といった内容で、アップしながら手応えを感じていた。

ページを開設して一週間後の日曜日、俺とマサルは再びミレーで落ち合った。入口のカウントダウンは「あと16日」で、いよいよ閉店が迫っているのを感じる。

「最後に家族で来ようと思ったんだけど、うちの子たち二人とも生クリームが好きじゃないって言うんだよ。時代だよな」

マサルがホイップクリームを口に運ぶ。俺も最後にもう一度パフェを食べたいと思っていたので、来られてよかった。

「同窓会ページの更新、大変じゃない？　手伝えることがあったら言って」

「大丈夫だよ。メッセージ見るのも楽しいし」

タクローにつながるわずかな望みをきっかけにはじめた同窓会ページだったが、メッセージが増えるにつれて本当の同窓会みたいになってきた。マサルがTwitterでも呼びかけたことにより、行方知れずだった同級生からの連絡も入りはじめている。他の人のメッセージに返信するため二回、三回とメッセージを送ってくる人もいて、昔ながらのBBSみたいになってきた。

「卒業生は二百人だけど、在籍した人は二百二十人ぐらいいるのも発見だったな」

三年生の途中から四年生までの二年足らずで引っ越した田中さんという人が、たまたまマサルのツイートを見かけたといってメッセージを送ってくれた。

「安田がケニアに住んでるっていうのもびっくりしたな」

「ほんとほんと。小学生の頃からさだまさし好きなのは知ってたけど」

同じ六年三組だった安田はさだまさしの曲に感銘を受けてケニアを訪れ、気に入って移住したという。その経緯と近況を伝えるメッセージを読んだときには思わず「マジかよ」と声が出た。

「こんな形で同窓会ができるなんて思ってもみなかったな。ネットでも集まった気分になったし、なんなら同窓会に来ないような人ともつながれてよかった」

アクリル板の向こうで、マサルは二ヶ月前とはうってかわって晴れやかな顔でパフェを食べている。

「何より俺は、敬太が提案してくれたことがうれしかったんだよ」

急に名前を出されて、口に入れたばかりのいちごを飲み込んでしまった。

「敬太がホームページ作れることは知ってたけど、こんなふうに活かしてくれるなんて思ってなかったよ。毎晩メッセージが増えていくのを見て、俺は感動してる」

「たいしたことないよ」

謙遜しつつも頬が緩む。マサルが幹事や役員を嫌がらずに引き受けるのは、こういう達成感があるからなのかもしれない。ミレーを出たあと、一階でおかんの好きな煎餅を買って帰った。


西武大津店の閉店を一週間後に控えたその日、届いたメッセージをチェックしていたら、息が止まりそうになった。

「8月31日19時、西武の屋上で」

氏名欄に書かれていたのは「タクロー」の四文字だった。ハンドルネーム欄も「タクロー」で、電話番号とメールアドレスの欄にはでたらめな英数字が入っている。

スクリーンショットを用意するわずかな時間も惜しく、パソコンの画面をスマホで撮ってマサルに送った。マサルからは涙を流して喜ぶハムスターのスタンプが送られてきて、喜ぶのはまだ早いかもしれないと冷静になる。

「でも、屋上には行けないよね」

現実的な返信をすると、マサルは「タクローは昔の西武しか知らないから、きっと今でも屋上に入れると思ってるんだよ」と微妙にずれた返信をよこした。

「本人である保証はないし、このメッセージは載せないほうがいいね。とりあえず俺と敬太で階段の柵のところまで行こう」

タクローからメッセージが来るなんて。待ち望んでいた展開のはずなのに、ぬか喜びになるのが怖い。

「電話番号もメールアドレスも適当だし、やっぱりいたずらかもよ」

俺が再び慎重な返信をするも、マサルは「俺も最終日に西武行こうと思ってたし、誰も来なかったらそれでいいよ」と前向きに締めくくった。

西武大津店最終営業日の八月三十一日はよく晴れていた。

ライオンズ女子は俺が見る限り毎日ぐるりんワイドに映っていて、ときどき友達らしき女子と来ていることもあった。今日で見納めかと思うと、ちょっと寂しい。実物を見てみたい気持ちもあったが、おっさんが若い女子に視線を向けるだけでも捕まりかねないのでやめておいた。

ぐるりんワイドの冒頭は見慣れた西武大津店正面入口からの中継だ。いつもとは比べ物にならないぐらい多くの人が映っている。その中にライオンズ女子が二人で並んでいるのを見つけて、ほっとした。

テレビを消して仕事を切り上げ、約束の七時に間に合うように西武に移動した。店に入ってすぐの場所にあるメッセージボードはたくさんのメッセージで埋め尽くされている。令和の世の中、これほどの手書き文字が並ぶのは珍しい。足を止めて見ていると、半袖シャツにノーネクタイのマサルがビジネスバッグ片手にやってきた。

「すごい人だな」

メッセージボードに囲まれた緑の時計台は六時四十五分を指していた。コロナ禍のため閉店セレモニーは行わないとアナウンスされていたにもかかわらず、八時の閉店を前に自然と人が集まっている。いくら密を避けましょうと言われても、西武大津店の最期を見届けずにはいられないのだろう。マサルは顔見知りらしいおばあさんから声をかけられ、「そうだね、寂しいね」と応じていた。

エスカレーターにも行列ができている。

「せっかくだから階段で行かない？」

行列に並んでもエスカレーターのほうが早いに決まっているが、最後に上っておきたかった。マサルも同意し、コーヒーの香りが漂う喫茶店横の通路を抜けて大階段に進む。

階段には写真を撮っている客がちらほらいる程度で、売り場の喧騒とは切り離されていた。上りはじめは快調だったが、だんだん息が上がってくる。マスクをしているせいで余計に苦しい。四階を過ぎると膝がガクガクしてきた。

「店長に怒られたの、このあたりじゃなかった？」

五階の踊り場でマサルが言う。今の俺たちは走ろうにも走れない。

七階まで上がったところで俺とマサルは同時に「あれっ」と声を出した。そこにあったはずの柵がまるごと外されていたのだ。

「もう片付けちゃったのかな？」

俺とマサルは顔を見合わせてうなずき、その先に進んだ。屋上に出るドアをおそるおそる押すと、四十四年間ずっと鍵などかかっていなかったかのようにふわっと開いて、ぬるい外気が吹き込んでくる。俺もマサルも何も言わずに外へ出た。

すでに日は落ちているが、周囲の照明で様子がわかる。何人かの客がいて、屋上からの景色やSEIBUの看板をスマホで撮影していた。フェンスは傷んで塗装が剝げており、四十四年の年月を感じる。

「マサル！　敬太！」

声がするほうに目をやると、鳥居の前に誰かが立っていた。全速力で駆け出すマサルを、どこにそんな体力が残っていたんだと思いながら追いかける。

「タクロー！」

今回ばかりはマサルが呼びかける前にタクローだとわかった。太い眉毛と二重まぶたが記憶の中のタクローそのままなのだ。

「マサル、全然変わってないな」

「タクローこそ、あんまり変わってないよ」

マスクをつけたマサルとタクローが西武大津店の屋上で対峙している。一年前には想像もできなかった光景だ。

俺は両手を強く握って夜空を見上げた。苦い記憶として残っていたタクローとの思い出が、今夜ようやく上書きできる。

「あのページ、敬太が作ってくれたんだよ」

マサルが自慢気に言うと、タクローは「やるな」と俺の肩を叩いた。

「敬太は昔から、やるときゃやる男だったんだ。俺が日射病で倒れたとき、ポカリを買ってきてくれたよな」

細かいシチュエーションは思い出せないけれど、夏の暑い日に自動販売機で缶のポカリスエットを買って走ったことがたしかにあった。マサルは「命の恩人じゃん」と感心したように言う。

「タクローはどうやってあのページを見つけてくれたの？」

照れくさくなって、話をそらす。

「妹が西武のことを調べてたらマサルの Twitter を見つけたらしくて、『これって兄ちゃんの学年じゃね？』って教えてくれた」

やっぱり西武が鍵だった。顔も知らないタクローの妹に深く感謝する。

「屋上、普段は閉まってるんだよ。最後だから開放してたのかな」

マサルが言うと、タクローは「あぁ、そのことなら」と説明をはじめる。

「店員が見に来てて、開いてたんだよ。階段で会った知らない人たちと屋上に出てきて、いったんは追い返されそうになったけど、一緒にいた人が『最後やからどうしてもいさせてほしい』って頼んだらこっそり入れてもらえたんだ」

「えっ、やっぱり入っちゃダメなんだよ。戻ろう」

マサルが慌てた様子で引き返すと、タクローは「さすがマサル」と冗談めかしてついていく。俺は一瞬だけ立ち止まり、マスクをずらして屋上の空気をたっぷり吸い込んだ。

「そういえば、タクローはなんで急に転校したの？」

階段を下りながら尋ねる。

「あの頃、家でいろいろあって、突然引っ越すことになったんだよ」

「そっか」

本当はその「いろいろ」を知りたいところだが、タクローに会えた今となっては些末なことだ。それより最後の西武を三人で味わいたい。タクローが「よし、バードパラダイス行こうぜ」と言い出し、俺とマサルは「とっくになくなったよ」と笑った。

俺たちは西武大津店44年のあゆみ展を改めて鑑賞し、ミレーの前で写真を撮り、縮小されたおもちゃ売り場を嘆き、紳士服売り場で初スーツの思い出を語った。見慣れた店内も、タクローを交えて歩くと新たな発見がある。マサルがタクローとのエピソードを次々披露し、俺は三十年の長さを噛み締めながら「懐かしいね」と相槌を打った。

話の流れでタクローが大阪に住んでいること、ごみ収集車のドライバーをしていることがわかった。俺が毎日通勤していた先にタクローがいたなんて、不思議な気持ちだ。

閉店が近付き、蛍の光のメロディーが流れる。

「卒業式みたいだね」

俺が言うと、タクローは「一緒に歌おうぜ」と声に出して歌いはじめた。

「恥ずかしいからやめろよ」

注意するマサルに構わず、タクローは調子外れの蛍の光を歌い続ける。俺も小さな声で歌い出すと、近くにいた同年代の男たちもつられて歌い出し、さらにまわりのグループへ、歌声が伝播《でんぱ》していった。卒業式では泣いたことなどなかったのに、鼻の奥がつんとする。

最後まで開いていたのは東側の出入り口だった。ガラス戸の向こうで店長が一礼したのち、シャッターが降りる。集まった人々はスマホで写真や動画を撮りながら、口々に「ありがとう！」と声を上げた。

シャッターが完全に閉じた瞬間、ため息とも感嘆ともつかない声が出た。四十四年の歴史が終わってしまった。俺は何も言えずに立ち止まったまま、人垣がばらけていくのをぼんやり見ていた。

「俺、明日も朝早いから帰るわ」

タクローの声で我に返った。

「電話番号だけでもいいから教えて」

マサルが懇願するように言うと、タクローはそれほど嫌ではない様子で「しょうがねぇな」と言いながらスマホを取り出す。

二人が連絡先を交換している間、俺はスマホでTwitterを開き、「たくさんの思い出をありがとう」の一言と、シャッターが降りはじめた瞬間の写真をアップした。マサルがこの投稿を見たら、タクローの正体が俺だと気付くだろうか。それともこの男がたまたま近くにいたと思うだろうか。

「同窓会、来年やるから絶対来いよ」

「行けたら行くよ」

タクローはそう言い残し、駅の方へと歩いていく。俺とマサルはタクローが見えなくなるまで同じ方向を見つめていた。

「敬太のおかげでタクローに会えたよ、ありがとう」

マサルが俺のほうに向き直って言う。実際そうだろうと思ったけれど、ちょっとカッコつけてみたくなった。

「俺じゃなくて、西武のおかげだよ」

店のまわりには俺たちのように名残を惜しむ客が残っている。なんだか本当に卒業式みたいだ。もう少し余韻に浸っていたかったのに、ヘルメットをかぶった作業員が道沿いの看板をシートで覆いはじめた。

線がつながる

成瀬あかりが一年三組の教室に入ってきた瞬間、わたしは頭を抱えた。今日は滋賀県立膳所高等学校入学式。よりによって一番厄介な女が同じクラスだなんて。まだ名前もわからないクラスメイトたちも成瀬を見て固まっている。さながら琵琶湖にサメが現れたかのようだ。おそるおそる顔を上げ、再度成瀬の姿を確認する。わたしたちが通っていた大津市立きらめき中学校の制服はブレザーだったから、セーラー服は新鮮だ。しかし気になるのはそこじゃない。

成瀬は坊主頭だった。

ここで「成瀬、野球班入るの?」とツッコミを入れたら英雄になれるだろう。華々しい高校デビューを飾るには絶好の機会だが、これまで日陰で生きてきたわたしにとってあまりに高いハードルだ。むしろ成瀬と仲がいいと思われて避けられるリスクのほうが怖い。成瀬の親友の島崎みゆきなら的確に突っ込んでくれるに違いないが、彼女は別の高校に行っている。

ほかの誰かが声を上げることに期待するも、教室は静まり返っていた。成瀬は意に介さぬ様子で黒板に貼られた座席表を確認している。座席は出席番号順で、三十一番の成瀬は廊下から二列目の一番前の席に座った。わたし、大貫《おおぬき》かえでは十二番だ。窓際から二列目の一番後ろの席なので、クラスメイトの反応がよく見える。成瀬のことなど気にしていない者、ちらちら見ている者、遠慮なく視線を送っている者などさまざまだ。

もうひとりのきらめき中出身者である高島央介《たかしまおうすけ》はマイペースにスマホをいじっている。もともとおとなしいオタク風の男子で、一石を投じるタイプではない。ここは成瀬に突っ込めそうな男子生徒を配置してほしかった。

ジェンダーやルッキズムからの解放が盛んに叫ばれる昨今、坊主頭の女子高生に突っ込むのはNGという認識は歓迎すべきである。しかし一人ぐらい声をかけるお調子者がいてもいいのではないか。成瀬の灰色の後頭部を眺めながら、わたしは自分の髪を指に巻きつけた。

きのうまでのわたしはひそかに高校デビューを妄想していた。高校に入ればこれまでの人間関係をリセットできる。上位グループとはいわないから、せめて中位グループに入りたい。男子とも気軽に話せるようになって、彼氏をつくる。それでいて勉強もそこそこできて、班活動にもほどほどに打ち込む。そのためには第一印象が重要だと、気合いを入れて美容院に行ってきた。髪型が仕上がり、鏡を見たときには「わぁっ」と声が出た。そんなワクワクした気持ちでいたところへ、坊主頭の成瀬から飛び蹴りを食らわされたようだ。

その後、体育館に移動して行われた入学式ではさらに驚くべきことが起きた。新入生代表の挨拶が成瀬だったのだ。入試で首席だったのか、はたまた別の要因で抜擢されたのかはわからない。成瀬が壇上に立った瞬間、会場の空気が無言のままざわめいた気がした。一年三組の生徒だけ、あらかじめテスト問題を知らされていたかのように落ち着いている。明瞭な声で原稿を読み上げた成瀬は、完璧な所作でお辞儀をして席へと戻った。

成瀬は小学生の頃からよく表彰されていた。琵琶湖の絵コンクールでは琵琶湖博物館長賞、大津市民短歌コンクールでは大津市長賞と、全校朝礼の表彰コーナー常連と化していた。多くの受賞者がぎこちなく賞状を受け取る中、成瀬は堂々とした態度で校長と向き合った。礼をする順番もタイミングも完璧だった。わたしも読書感想文で特選をもらって表彰されたことがあるが、たくさんの視線を感じてお辞儀さえままならなかった。

入学式の後は教室に戻り、翌日からのスケジュールの説明を受けて、登校初日が終了した。わたしの自宅は高校まで約八百メートルの場所にある一軒家だ。自転車通学には距離が足りず徒歩通学になったが、中学までのきつい上り坂と比べたら平坦で通いやすい。入学式終了後、校舎の外で子どもが出てくるのを待っている保護者も多かったが、母は歩いて先に帰宅していた。

「なんであかりちゃん坊主だったんだろうね」

帰宅するなり母が言った。母の言い方は決して成瀬をバカにしているわけではなく、純粋に疑問に思っているようだった。わたしも「なんでだろうね」と相槌を打つ。

「あかりちゃん昔からちょっと変わった子だったよね。なんだっけ、けん玉で大津市チャンピオンになったんだっけ?」

昨年の秋、ブランチ大津京でもしかめの回数を競う大会が行われた。成瀬は四時間過ぎても玉を落とさず、主催者側が成瀬を止めてチャンピオンの称号を与えたという。わたしはおうみ日報で読んだだけだが、困惑する大人たちの様子が目に浮かぶようだった。

「お母さんは普通の人なのにねぇ」

わたしは「そうだね」と応えて自室にこもる。普通ってなんだろうとはさんざん問われてきたテーマだが、目立たないことを普通と呼ぶのなら、成瀬は普通じゃない。

成瀬と出会ったのは九年前のちょうど今ごろ、大津市立ときめき小学校の入学式の日である。わたしは少し離れた場所にある保育園の出身で、同じクラスに知り合いが一人もいなかった。成瀬をはじめとするあけび幼稚園出身組は最大派閥を形成しており、見知らぬ母親同士が「あかりちゃんと同じクラスなら安心だね」と話しているのが耳に入った。

実際に成瀬は優秀で、どの科目も頭一つ抜けていた。低学年のうちは素直にすごいと思っていたが、淡々と成果を上げる成瀬が次第に気に食わなくなってきた。それはわたし以外の女子にとっても同じだったようで、誰からともなく成瀬を避けるようになる。

五年生で再び一緒のクラスになった。その頃にはあかりちゃんと呼びかける者はいなくなり、みんな「成瀬のああいうところがちょっとね」とこそこそ笑い合っていた。

あからさまに仲間はずれにされても成瀬はまったく気にしていない様子だった。トイレに行くのも教室移動もいつも一人で動く。体育の授業で二人組を作るときには必ず成瀬が余ったが、「奇数だから余りが出るのは当然だろう」という顔をして先生と組む。そんな様子も陰で笑われるわけだが、成瀬は本当に何も聞こえていないようだった。

五年二組の女子は、上中下の三つのグループに分かれていた。自分を「下」の方だと認識したのはこの頃だ。男子とも気軽に接する派手な上位グループ、女子同士で楽しそうにつるむ中位グループ、そのどちらにも入れない、地味な下位グループ。そして、どの階級にも属さず、飛び地のようにぽつんと存在する成瀬。

わたしたちにとって成瀬は格好のスケープゴートだった。成瀬がいなかったら、上位グループからなんらかの攻撃を加えられることは予測できていた。

成瀬が朝礼で賞状をもらったある日、クラスのリーダー格だった凛華《りんか》と鈴奈《すずな》が、成瀬のロッカーから黒い筒を取り出していた。わたしたちのグループはこれから始まることを予感し、固まったまま見つめていた。すると二人はわたしたちのほうに寄ってきて「成瀬のこれ、隠さない？」と誘ってきたのだ。

どう考えても断るのが正しいが、断ったら自分たちの立場が危うくなるのは目に見えている。わたしたちが答えあぐねていると、凛華に「ほら、ぬっきーは頭いいんだし、いい隠し場所思いつくんじゃない？」と指名された。戸惑いで満たされていたところに一抹の喜びが混じったのは否めない。気に入っていなかったぬっきーという愛称も、ここでは好意的に響いた。

わたしは手を伸ばし、筒を受け取った。次の瞬間、ニヤニヤする凛華と鈴奈の背後に成瀬の姿が見えた。助かったと思った。

「あっ、これ、落ちてたよ」

わたしは前に進み出て、成瀬に筒を渡した。成瀬は筒を握り、無言でわたしの目を見つめる。その目は敵意に満ちていて、恐怖のあまり何も言えなかった。

成瀬は凛華と鈴奈にも順番に同じことをした。成瀬が席に戻った後、凛華と鈴奈は「何あれ」と笑ったが、口元は引きつっていて、強がりなのは明らかだった。

高校生にもなれば物を隠すような幼稚な嫌がらせはしないと思うが、成瀬をよく思わない人が出てくるかもしれない。あのときのように巻き込まれるのはごめんだ。どう立ち回るのが正解か、今日配られた年間予定表を見ながら思案を巡らせた。

翌日、ホームルームで自己紹介が行われた。当然番号順でやるものだと思ったが、担任が一番と四十一番でじゃんけんをして勝ったほうから始めるという余計なギミックを入れたせいで後ろからになってしまった。成瀬より後だと、わたしが同じ中学出身であることが強く印象づいてしまうおそれがある。中学名を言わないでくれと願ったが、成瀬は「成瀬あかりです。大津市立きらめき中学校出身で、におの浜に住んでいます」と堂々と開示した。

しかも成瀬はマイけん玉を持参しており、わざわざ教卓を脇に移動させて演技をはじめた。赤い玉を大皿、中皿、小皿、けん先に周回させ、ふりけんを成功させたうえに玉を消す手品まで披露する。どうして成瀬はやりすぎてしまうのか。わたしが小さくため息をつくと、一瞬の静寂の後、拍手と歓声が起こった。クラスメイトたちは笑顔で拍手を送っている。成瀬は特段喜んでいるようでもなく、無表情のまま教卓を元に戻し、席に着いた。

それ以降の自己紹介はさっきまでの緊張感が嘘のようだった。好きな教科や中学時代の部活など当たり障りのない内容だったのが、好きなYouTubeチャンネルや、中学時代の笑えるエピソードなど、親近感のある内容になった。

わたしも他の人の自己紹介を聞きながら、頭の中で構成を組み立てる。好きなことといえばゲームだが、どのソフトが万人受けするだろう。ポケモンか、スマブラか、あつ森か。好きなキャラを言えば、同じ趣味の人が話しかけてくれるかもしれない。

順番が回ってきて、前に進み出た。

「大貫かえでです。大津市立きらめき中学校出身で、歩いて通っています」

何気なく視線を斜め左に向けると、成瀬と目が合った。殺気こそたたえていないが、何を考えているかわからない目だった。坊主頭がその不気味さを助長している。頭の中で箇条書きしていたメモが風で吹き飛ばされたようだった。

「ちゅ、中学時代は卓球部で、えっと、得意な教科は、こく……国語です。よろしくお願いします」

悪い見本のような自己紹介になってしまった。これを聞いてわたしと仲良くなりたいと思う人間がいるだろうか。聞く側もそろそろ疲れてきたようで、まばらな拍手が上がる。こんなにあっさりと、つまらない人間であることがバレてしまうなんて。成瀬を見なければよかったと思っても後の祭りである。

昼休み、前の席の大黒悠子《おおぐろゆうこ》が話しかけてくれて、一緒にお弁当を食べることになった。悠子もわたし並みの平凡な自己紹介で、スカート丈も長く、下位グループの雰囲気が出ている。自分にはこういう子がお似合いなのだろうと思いつつ、貴重な友人候補を見下してはいけないと気を取り直す。

「かえでって呼んでいい？」

「うん」

脱ぬっきーのチャンスを逃すまいと、食い気味に返答してしまった。

「わたしも悠子って呼んでいい？」

「もちろん」

呼び名を確認し合うのはなんだか照れくさい。

「このクラス、あ行が多すぎない？　わたし、出席番号二桁になったの初めてだよ」

悠子が言う。クラスのメインストリームになれなそうな話題だと思いつつ、「そうだよね」と同調した。

「かえでは家近いんだよね？　うらやましいな〜」

悠子は甲賀《こうか》市に住んでおり、六時台に家を出て、二度の乗り換えをして膳所本町駅までやってくるという。さっきの自己紹介を聞いていて、県内のあちこちから生徒が集まっていることがわかった。地元民という強みを生かし、地域情報を発信することで一目置かれる可能性も探ってみたが、高校生が食いつきそうな情報は思いつかない。

「悠子は何部……じゃなくて、どこの班入るか決めた？」

膳所高では部活動を班活動という。昨年度は一年生の九六％が班に入っていたそうだ。中学で卓球部だったのは小学校から仲が良かった子の誘いがきっかけで、さほど上達することはなく、高校に入ってまで続けるつもりはなかった。

「ううん。まだ決めてない。見学、一緒に行かない？」

悠子と同じ班に入るかどうかはともかく、一人ぼっちが避けられそうなのは喜ばしい。わたしと悠子の間に細い線がつながる。教室内を見回すと、そこここで小規模なグループが発生し、線が生えていくのがわかる。ここから蜘蛛の巣みたいに線がつながってグループ化が始まり、序列が固まっていく。点の配置だけで答えがわかってしまう子ども向けの点つなぎと違い、人間関係は意外な点と点がつながる。

わたしは毎年クラスの隅から、相関図が描けるぐらいに交友関係を観察していた。小中学校ではクラスが替わってもある程度知り合いがいるため、既存の相関図を手直しするだけでよかった。高校ではほぼ一からの新規作成である。高校デビューはすでに無理そうなので、目立たず居心地のいいポジションを探りたい。

ふと成瀬の席に目をやると、誰もいなかった。きっとひとりでうろうろしているのだろう。あんなふうに周りを気にせず生きるなんてわたしにはできそうにない。

「きらめき中ってほかにもいたよね？　誰だっけ？」

悠子に問われて動揺する。

「あー、えっと、高島くんと……成瀬さん」

「成瀬さんって、あの、けん玉の？」

成瀬がきらめき中出身であることは記憶に残っていなかったらしい。わたしは今まで何を心配していたのかと拍子抜けする。

「うん、そんなに接点はなかったんだけど」

成瀬とわたしが最も接近したのは小学五年生の筒隠し未遂事件である。向こうはわたしの名前すら覚えていなくても不思議ではない。

放課後、悠子と共に英語班、写真班、文芸班を見て回った。どこも親切にしてくれたが、いまひとつ決めかねる。

「そうだ、かるた班も見てみたいな」

悠子が言い出した。膳所高のかるた班は毎年全国大会に出場している名門だ。大津には歌人ゆかりの神社仏閣が点在していて、たびたび調べ学習のテーマになっていた。多少はなじみがあるし、チャレンジしてもいいかもしれない。

セミナーハウス二階の和室に近づくと、百人一首が読み上げられているのが聞こえた。悠子と小声で「静かにしたほうがいいね」と言いながら覗いてみると、坊主頭の女が対戦相手と向かい合って座っているのが見えた。上《かみ》の句の一文字目が読み上げられた瞬間、敵陣の札に向かって高校球児のごとく大胆に上半身を滑らせ、散らばった札から一枚を取ってみせる。

「成瀬さん速かった！」

「もっと無駄のない取り方を覚えたらA級目指せるよ」

先輩たちの賛辞を受けても成瀬は表情を変えない。中学の頃は陸上部で長距離をひたすら走っていたと聞くが、かるた班で周りとうまくやっていけるのか、無関係のわたしが心配になる。

「かるた体験する？」

黒いTシャツを着た女子の先輩が話しかけてきた。

「おう、大貫じゃないか」

成瀬がわたしを見て手を上げた。意表を突かれたわたしは何も言えずに固まる。

「大黒も一緒か」

悠子が「なんでわたしの名前を知ってるの？」と驚いた様子を見せると、成瀬は不思議そうに「自己紹介で『大黒悠子です』って言ってたじゃないか」と答える。

「成瀬さんはかるた班入るの？」

「そのつもりで春休みに『ちはやふる』を全巻読んだ」

「百人一首は覚えてるの？」

「決まり字は全部知っているが、実際やるのは今日が初めてだ」

悠子が「すごーい」と感嘆の声を上げる隣で、わたしは愛想笑いを浮かべることしかできない。成瀬と一緒の班に入るなんてごめんだ。一刻も早く部屋を出たかったが、悠子が乗り気になったため、かるた体験に付き合うことにした。

わたしたちにあてがわれたのは、決まり字が薄く書かれた初心者向けのかるたである。先輩たちにレクチャーを受けながら札を並べ、読まれた札を取る。わたしはやる気が出ないまま、近くにある札を取ることに終始した。少し離れた場所で先輩と対戦している成瀬は相変わらずダイナミックな取り方をしており、札を元通りに並べるだけで時間がかかっていた。

わたしたちはかるた班で今日の見学を切り上げ、帰ることにした。

「かえでは入りたい班あった？」

「うーん、まだわかんない」

「わたし、かるた班入ってみたいけど、家が遠いからしんどいかなぁ」

悠子の言葉に、家の近いわたしはなんとなく申し訳なくなる。

「家で考えてみるね。バイバイ」

「バイバイ」

班見学だけで疲れてしまった。甘いものでも買おうとコンビニに寄ると、島崎がいた。わたしとは別の制服を着ていて、学校が分かれたことを実感する。会計を終えた島崎はわたしに気付き、「あっ、ぬっきー!」と声をかけてきた。

「いいじゃん、その髪型」

気付いてもらえたのがうれしくて、わざとらしく髪をかきあげる。新しいクラスメイトは過去の髪型を知らないのだから仕方ないのだが、ちょっと寂しかった。

「縮毛矯正したの? めっちゃきれい」

先月までのわたしはちりちりのくせ毛で、重力に従って下に伸びていくはずの髪の毛が上や横へと伸びていた。ある程度の長さを保ってひとつ結びにしていたが、うまくまとまらないのが常だった。

春休みに意を決して縮毛矯正をしたところ、五時間の施術の末にストレートの髪が手に入った。これで普通の女子と同じスタートラインに立てたと思った。

「そうそう。知ってる? 成瀬が頭剃ったの」

島崎が笑いながら尋ねる。

「うん。わたし、同じクラスだし」

「え、そうなの? どんな感じ?」

島崎は成瀬への好意を隠さない。小学五年生のときだってそうだった。女子が成瀬の悪口を言っていると、島崎はさりげなく姿を消す。教室で成瀬と話している様子はなかったが、成瀬の敵サイドと線をつながない意思を感じた。

成瀬が地元テレビ局に「天才シャボン玉少女」として取り上げられたのがターニングポイ

ントだった。放送翌日、成瀬を取り囲んだのは島崎を含む中位グループの女子だった。凛華と鈴奈は相変わらず「テレビに出るなんてバカみたい」と冷ややかに見ていたし、わたしたち下位グループも成瀬には近寄らなかった。一方で「成瀬すごかったな」と話す男子もいて、風向きが変わったのがわかった。

中学に上がると成瀬と島崎は漫才コンビを結成し、文化祭でネタを披露していた。噂によるとＭ－１グランプリにも出場したらしい。

わたしは成瀬がけん玉と手品でクラスメイトの心をつかんだことや、かるた班に馴染んでいたことを話すと、島崎は「成瀬らしいね」と喜んだ。成瀬が成瀬らしくなくなったら島崎は成瀬を見捨てるのだろうか。いや、島崎は新しい成瀬も受け入れるに違いない。

「また成瀬のこと教えてね」

島崎は手を振って去っていった。わたしに興味がないにしても、そんな言い方はないんじゃないか。あるいはわたしも成瀬に興味があると思われているのか。無性にイライラしてきて、普段なら買わないような生クリームたっぷりのプリンを買った。

翌朝、悠子からかるた班に入ることにしたと伝えられた。

「一度きりの高校生活だし、後悔のないようにチャレンジしてみようって思ったの」

わたしもかるた班に入るべきかと気持ちが揺らいだが、悠子はわたしを誘う素振りを見せず宿題の話に移った。

班活動などどうでもよくなり、授業が終わってまっすぐ帰ったらまだ四時にもなっていなかった。帰宅時間を競う帰宅班があれば間違いなく有力選手になれるだろう。スタートダッシュに失敗し、このまま冴えない高校生活を送るのがわたしらしいのかもしれない。中学に入学したときもそうだった。ほかの小学校の子たちと合流して何かが変わると期待したのに、何も変わらなかった。クラスメイトの力関係を見極めて、一人にならないように、いじめられないように立ち回る。

わたしがいじめを極端に恐れるようになったのは、小学四年生のときだった。滋賀県に住む小学四年生の女の子が、いじめを苦に飛び降り自殺したのだ。

それまでにも子どもの自殺のニュースは見たことがあったけれど、同じ県の同い年の女の子という点に多大なショックを受けた。その子もきっと琵琶湖を見て育ってきたはずで、生きていれば翌年にはうみのこに乗れたのだ。

いじめがなくなるのが一番いいけれど、そう簡単にいかないのはわかっている。目立たず、孤立せずに学校生活を送ることがわたしにできる最善策と考えた。

縮毛矯正だって本当はもっと早くかけたかったけれど、色気づいていると思われたくなくて我慢していた。太らないことも重要だったから、甘いものは控えていた。おかげで中学を出るまで、平穏無事に生きてこられた。

宿題だけでもしっかりやろうと数学の問題集を開いた瞬間、ふと思った。これから本気で勉強に取り組んだら、東大に行けるだろうか。成績上位では目立ってしまうという懸念から、これまで勉強に本腰を入れるのを避けてきた。もうちょっと頑張れそうなときでも、これぐらいにしておこうかなとブレーキをかけてしまう。中学時代の定期テストでは十位から二十位ぐらいのポジションを保っていた。もっとも、不動の一位の成瀬が目立ちすぎていたので、すべて杞憂だった気がしないでもない。

東大を目指して勉強に打ち込むのであれば、友達ができないことも班に入らないことも自分に言い訳できる。

よし、やってみよう。

明確な目標が決まったら、急に背が伸びたような気持ちになった。

東大を目指すことはまっとうな目標だが、東大を目指している人として敬遠されては元も子もない。クラスメイトたちが友好関係の線を伸ばしていくのを尻目に、わたしはシステム英単語を進めていった。

大学受験までの時間は誰にも等しく与えられているわけだが、わたしには学校から家が近いというアドバンテージがある。みんなが通学に時間を取られている隙に机に向かって一問でも多く解けると思うと、与えられた環境が尊いものに思えてくる。

家族にも東大を目指すことを伝えた。母は「行けるの？」とか「京大のほうが近いのに」など現実的な反応だったが、父は「かえでなら行けるよ」とやけにポジティブだった。クイズ番組が好きな三歳下の妹は「お姉ちゃんも『東大王』出れるといいね！」と言うが、わたしに東大王の適性があるとは思えない。

五月下旬になっても、引き続き悠子と一緒に昼ごはんを食べていた。班の交友関係を優先させるかと思っていたが、同じクラスのかるた班が成瀬だけだったのが功を奏したようで、わたしとの関係を保ってくれている。これで三月までは一人にならずに済むだろう。かるた班での成瀬は着々と頭角を現し、段位取得に向けて猛練習をしているという。

「成瀬さんって、かるた班の人たちと話するの？」

わたしが尋ねると、悠子はなぜそんなことを訊くのかという顔をした。

「うん、話してるよ。みんなからなるぴょんって呼ばれてる」

声を出さずに「なるぴょん」と口を動かしてみたら、イメージと違いすぎて口の中がざらざらした。

クラスでの成瀬は相変わらずマイペースを貫いている。小学五年生の女子からは排除の対象になったわけだが、高校一年生ともなると「ちょっと変わった人だよね」という認識でやり過ごされる。頭はすでに黒くなっていて、灰色だった頃が懐かしく思えた。

成瀬と同様にわたしの髪も伸びていて、くせ毛の力で髪全体が根元から浮き上がってくるのがわかる。以前と比べたらまだ全然ストレートの範疇だが、この先ずっと縮毛矯正を繰り返していくと思うと気が遠くなる。いっそ坊主頭にしたらどうかと一瞬考えたが、成瀬の真似をしたと思われたらたまらない。

学校では七月の湖風祭に向けた準備がはじまり、生徒たちが結束を深めていく様子が見て取れる。クラス発表ではお化け屋敷をやることになり、わたしは悠子とともに目立たなそうな大道具係に入った。

本当ならこんなところで時間を使わず勉強したいところだが、むやみに敵を作るような行動は好ましくない。ほかのメンバーとも会話する程度には仲良くなった。こうした行事を頑張ってこその高校生活と主張する人々の気持ちもわかるが、わたしは勉強以外に労力を使わずにいたかった。

幸い、勉強の成果は着実に出ている。中間テストも好成績で、ニンテンドースイッチを封印した甲斐があった。塾の先生に東大に行きたいと伝えたところ、このまま頑張れば十分狙えると言われた。

土曜日は塾の自習室で集中して勉強するようにしている。塾のあるときめき坂に向かって歩いている途中、馬場公園で成瀬と島崎が漫才をしているのが見えた。親子連れがちらほら足を止めて見ている。

わたしは二人に気付かれないよう、公園とは逆方向に目を向けて速度を上げた。道を挟んだ向かい側では西武大津店の跡地にマンションを建設している。普段は気にせず通り過ぎるのに、ここに西武がないことをふと寂しく感じた。

湖風祭前後にカップルが激増するという話があるそうだが、ご多分に漏れず一年三組にも甘い空気が漂ってきた。誰が誰に告白したといううわさ話を小耳でキャッチして、相関図に反映させる。先輩や別のクラスの生徒と付き合う人もいて、人間関係は広がりを見せた。従来のグループから逸脱する人もいれば、もとの線を保つ人もいる。入学当初から仲良くなりそうだったと感じるカップルもあれば、意外な組み合わせもあって、リアリティ番組のように楽しんでいた。

そんな高みの見物を決め込んでいたわたしに、想定外の事件が起こる。

「大貫さん、一緒に帰らない？」

校門を出たところで声をかけられ振り向くと、同じクラスの須田《すだ》直也《なおや》が立っていた。須田とは同じ大道具係で何度か会話を交わしたが、好意を持たれるような内容ではなかったはずだ。物腰が柔らかく、わたしたちのような女子でもむやみに傷つけないタイプだと思っていたけれど、まさかわたしに向けて線を伸ばしてくるとは思わなかった。

たしか須田は草津駅近くのマンションに住んでいると言っていた。徒歩通学のわたしとはどう考えても経路が違う。

「なんでわたしと？」

須田は少しだけ周りをうかがってから、「大貫さん、東大目指してるでしょ」と言った。

「どうして知ってるの？」

須田はリュックから『東大英語1』の緑の表紙を覗かせた。塾で使っているテキストで、わたしも同じものを持っている。

「鞄に入ってるのがたまたま見えちゃって。僕も草津駅前校に通ってるんだ」

何も言えずに視線を落としていると、須田の方から口を開いた。

「まぁ、その、付き合うとかじゃなくて、情報交換できたらいいなと思って」

さっそくフラグをへし折られたが、それはそれで悪くない気がする。わたしたちを取り囲むもやもやが晴れて、須田がかけているメガネの黒いフレームがくっきり見えた気がした。

「わたし、これから家で勉強するんだけど、須田くんも来る？」

言ったそばからずいぶん大胆な提案をしてしまったと後悔するが、すでにそういう間柄ではないことは確認できている。須田は「大貫さんがいいなら」と家まで付いてきた。

玄関の鍵を開けた瞬間、急激に面倒くさくなった。わたしの部屋はわたし一人のために最適化されていて、もうひとり迎え入れるようにはなっていない。中学に入ってからは女子ですら来たことがなかった。

ひとまず「わたしの部屋、散らかってるから」とダイニングテーブルに案内した。母と妹は六時頃まで帰ってこない。何も出さないのも悪いかと思い、グラスに麦茶を入れて出す。

「とりあえず、数学の宿題してみる？　大貫さんがどんなふうにやってるか知りたいし」

別の人間と勉強するのは気が散るかと思ったが、須田の気配は薄く、支障はなかった。一通り問題を解いた後、「ここが難しかった」とか、「ここは時短できる」など感想を言い合う。解答に至った思考の流れを細かく説明すると、須田は「わかる」とか「それはすごいね」などと気持ちのいい相槌を打ってくれた。これまで自分をコミュ障だと思ってきたが、単に話が合う相手がいなかっただけかもしれないと思った。

「八月のオープンキャンパス、大貫さんは行く？」

東大のオープンキャンパスがあることはホームページを見て知っていたが、まだ一年生だし、わざわざ新幹線に乗って行くという発想がなかった。コロナが流行る前に家族でディズニーランドに行って以来、新幹線にも乗っていない。中学の修学旅行も本来は東京に行くはずだったのに、伊勢神宮とおかげ横丁の日帰り旅行でお茶を濁された。

「須田くんは行くの？」

「まだ決めてなくて。大貫さんが行くなら行こうかな」

そんなふうに言われるのははじめてで、気持ちが盛り上がるのがわかる。

わたしはスマホで東大のオープンキャンパスについて改めて検索してみた。その日は塾の夏期講習があるが、オープンキャンパスのためなら休んでも構わないだろう。

「行ってみようかな」

「ほんと？　よかったら新幹線の席取るよ。お金は後で払ってくれたらいいし」

ふと、新幹線以外にも夜行バスや青春18きっぷなどの手段があることを思い出す。想定する交通手段が一致するということは、家庭環境や金銭感覚も近いのだろう。

「ホテルも普通のビジネスホテルでよければ、ついでに二部屋取るけど」

ホテルという単語に、妙な緊張が走る。須田は平穏な顔をしており、意識している自分が間違っているのかもしれないと焦る。

「ありがとう。でも、新幹線もホテルも自分で調べてみるよ」

これまでにない計画が進行している。わたしの人生、友達同士で出かけるといってもせいぜい京都までだった。いきなり東京まで一対一で行くなんて、大丈夫だろうか。

「ここ二年はコロナで中止だったんだって。今年は開催でよかった」

須田は小学生のごとく無邪気に楽しみにしている様子だ。

その日の夜、友達とオープンキャンパスに行きたいと話すと、母は「友達できたの？」と驚いた様子だった。男子だと知られると厄介なことになりそうなので、草津に住んでいるとか化学班に入っているとか無難な紹介をした。

それ以来、須田とはＬＩＮＥでメッセージをやりとりするようになった。新たな味方ができたわたしは、自分でも気付かぬうちに気を抜いていたらしい。いつものように悠子と昼ごはんを食べていると、思わぬアクションが飛んできた。

「かえでって、わたしのことどうでもいいと思ってるでしょ」

大変申し訳ないことに、悠子が渾身の一言を放った瞬間も、わたしはほかのグループを見て人間関係の動向を確認していたのだった。不意を突かれて「そんなことないよ」の打ち消しが出てこなかった。

「わたしに興味がないんだろうなって前から思ってたの。それは仕方ないことかもしれないけど、明らかにこっちに伝わっちゃうのはどうなの？」

冷静なトーンだったけれど、目が泳いでいて、相当な勇気を持って伝えてくれているのがわかる。わたしが島崎に対して同じことを思ったときには何も言えなかったというのに。

「しばらく迷ってたけど、明日から、別のところでお昼食べようと思う」

そこで初めてわたしは事の重大さに気付いた。

「ごめん、そんなつもりはなくて」

「無理しなくていいよ。須田くんと食べたら？」

慎重に立ち位置を見極めていたつもりが、一からすべて否定された気分だ。わたしに見えている程度のことは悠子にも見えていたのだ。思わず「悠子はどうするの？」と問い返す。

「毎朝電車で一緒になる子が五組にいて、その子と食べようかなって思ってるの」

完敗だ。悠子には通学電車というもうひとつのコミュニティがある。家が近いことが友達作りに関して裏目に出るとは思わなかった。わたしは再び「ごめん」と言うしかない。

「いや、わたしもそこまで怒ってるとかじゃないから。ちょっと気分を変えたくなったっていうか。たぶんかえでもそのほうがいいと思う」

急に悠子が大きく見えて、これまで悠子を侮っていたことを自覚してしまう。悠子がクラスの女子と結託してわたしを攻撃してくる可能性もあったのだ。怒っていないと言われても、これからどんな顔をして付き合ったらいいのかわからない。

翌日わたしは熱を出した。ここで休んだらさらに立場を危うくするような気がしたが、コロナ以降、ちょっとした熱でも休むように言われている。ベッドの上でもなかなか眠れず、寝転んだままシステム英単語を開いても内容が頭に入らない。悠子からＬＩＮＥのひとつでも来たら安心できるのに、スマホは沈黙したままだった。

夕方、インターフォンの鳴る音がした。出なくていいだろうと一度は無視したところに、二度目のインターフォンが鳴る。もしかしたらわたしへのお見舞いではないかと淡い期待を抱いて戸を開けると、そこには成瀬が立っていた。

「プリントを届けに来たんだ」

成瀬が差し出したのは保健だよりだった。「朝食をしっかり摂りましょう」という緊急性の低い見出しが書かれている。

「なんで来たの？　わざわざ来ることないでしょ」

思いのほかきつい声が出てしまった。成瀬は怯《ひる》むことなく「家が近いからな」と答える。

「それにわたしは保健委員なんだ。クラスメイトの健康を守る必要がある」

「ほっといてよ」

わたしは思いっきり引き戸を閉めた。すりガラスの向こうで成瀬の影は数秒間立ち止まっていたが、やがて引き返していった。

あの様子ではわたしが欠席している限り、毎日やって来るに違いない。わたしは熱を下げる方法をスマホで検索した。その最中に須田から「ゆっくり休んでね」と体調を気遣うメッセージが届いたが、それどころではない。「ありがとう」の文字が入ったピカチュウのスタンプで無難に応じ、保冷剤を枕に敷き詰めたり、熱を下げるツボを押したりと、目についた対処方法を可能な限り実践した。

その甲斐あってか翌朝には熱が下がった。体温計の三十六度の表示にガッツポーズしたのは初めてだ。登校すると悠子が「大丈夫だった?」と気遣ってくれて、悪いのはわたしなのにと申し訳なくなる。

「きのう、五組の子とお昼食べたんだけど、大人数で、あんまりしっくり来なかった感じで……。今日からまた、一緒に食べてもいい?」

わたしは悠子の手を握り締めたくなったが、そんなことをして気味悪がられたらいけない。

「いいの?」

極力明るい調子で言うと、悠子はうなずいた。

昼休み、わたしはこれまで黙っていた東大志望のことや、須田との関係について説明した。

「ごめんね。なんとなく恥ずかしくて、言いづらくて」

「そういうこともあるよね」

悠子は大学を出て公務員になりたいという目標を話してくれた。とりあえず東大に行くと決めただけのわたしより、しっかり将来のことを考えている。「悠子ならなれるよ」の言葉が素直に口から出てきた。

オープンキャンパス当日、わたしと須田は朝の七時に京都駅で待ち合わせた。この日に備えてわたしは再び美容院に行ってきた。ストレートになった髪の根元に四センチほどくせ毛が出てきたので、また縮毛矯正してもらったのだ。前回伸ばした部分はストレートのままなので短時間で済むかと思いきや、髪全体にアイロンをかけるのは変わらず、五時間が四時間になった程度だった。

新幹線では隣の席を取ったものの、会話はせずに勉強していた。須田の存在は勉強の邪魔にならないのがいい。わたしは黙々と赤シートを滑らせながら英語の文法問題を解いていった。

赤門前では多くの高校生や保護者がスマホで写真を撮っていて、さながらテーマパークのようだった。ＵＳＪに任天堂エリアがオープンしたとき、青空を背景にした同じ構図を飽きるほど見たのを思い出す。

まずは須田が聴講したいという工学部の講義に付き合った。わたしは文系学部を目指しているが、ＡＩの研究についての講義だったのでちょっと面白そうだと思ったのだ。

大教室は漢検を受けに行った立命館大学の教室とさほど変わらない。東大だからといって特別な教室があるわけではないようだ。講義は最初のうちこそ興味を持って聞いていたが、途中から難しい話になって意識が飛んでしまった。

キャンパスでは高校生が思い思いに歩いていた。大津でいえばびわ湖大花火大会レベルの人出である。膳所駅から伸びる閑散としたときめき坂を思ったら、急に故郷が恋しくなってきた。歩いている人たちも心なしか都会的に見えて、膳所高の制服を着てきたわたしたちが場違いに感じる。洗練された私服や、見たことのないデザインの制服など、普段はファッションに興味がないのに気になってしまう。

ふと、わたしと同じセーラー服が目に入った。奇抜な制服ではないし、別の学校とかぶっていてもおかしくない。視線をその人物の顔に移した瞬間、わたしは悲鳴を上げそうになった。向こうもわたしたちに気付いて手を上げる。

「おう、偶然だな」

成瀬は通学に使っている黒いリュックを背負い、大津市のご当地キャラ「おおつ光ルくん」のトートバッグを提げていた。髪はベリーショートと呼んで差し支えないほど伸びており、二度見されるほどではない。

「わぁ、成瀬さん」

須田はわたしほど驚いた様子はなく、「午前中はどこ行ってたの?」と話しかける。

「理学部で『ICP-MSを利用した希少アイソトープの分離と濃縮〜一兆分の一の世界へ〜』を聴講してきたんだ」

成瀬が資料を出して説明しはじめそうになったので、「わたしたち、お昼ごはん食べに行くから」と遮った。

「成瀬さんもよかったら一緒にどう？」

須田が余計なことを言う。彼にとっては遠き地で出会った貴重な同窓生なのかもしれないが、わたしにとっては極力関わりたくない相手である。成瀬だってわたしに対していいイメージはないだろう。当然断るだろうと思ったが、「そうだな」と言ってついてきた。

学生食堂はカフェテリア方式で、好きな主食やおかずをとって精算するタイプだった。わたしがごはんとささみチーズカツと冷奴をとったところ、成瀬も主菜にささみチーズカツをとっていた。同じ給食を九年間食べ続けると、昼に食べたいものが似てくるのだろうか。

テーブルにはわたしと須田が並んで座り、成瀬はわたしの前に座った。

「成瀬さんはどうやって来たの？」

須田の問いに、成瀬は深夜バスで来たと話した。個室タイプの座席で、思ったより快適だったという。わたしも一応「ふーん」などと相槌を挟んだが、この状況にイライラしてきて、途中から黙って食事に専念した。成瀬はさっき言っていたアイソトープがなんとかという講義についても説明をはじめ、須田がうなずきながら聞いている。

「わたし、午後は一人で回るね」

なんなら須田も成瀬のほうが理系同士で話が合うだろう。わたしが立ち上がると、須田は「じゃあ、後でね」とのんきに言う。目が合ったらまた動けなくなりそうなので、成瀬のほうは見ないようにした。

食器を返却口に片付けて食堂を出る。午後は文学部を見に行くつもりだったが、なんだかすべてがどうでもよくなってきた。いったん東大を抜けようと門に向かって歩いていくと、後ろから「大貫」と呼ぶ声がした。

振り返ると成瀬が一人で立っている。

「行きたいところがあるんだ。付いてきてくれないか」

「須田くんは？」

「大貫と行きたいと思ったんだ」

わたしの家での出来事を忘れたかのように堂々としている。あの後成瀬とは一言も話していない。熱にうなされて見た悪夢だったのだろうか。

「そんな怖い顔をしなくていい。旅は道連れというだろう」

成瀬はわたしの腕に軽くタッチしてから歩き出した。門を出て少し歩き、地下鉄の入口に入っていく。やっぱり戻ろうかと迷ったが、好奇心が勝った。

成瀬は池袋行きの地下鉄に乗り込んだ。空いている座席に並んで腰を下ろす。

「花火大会ぐらい人がいたな」

成瀬の一言に、同じ大津で育ってきたことを実感してしまう。

「どこで下りるの？」

「池袋」

「何があるの？」

「行けばわかる」

訊くだけ損だったなと思っているうちに池袋に着いた。

成瀬の目的がわかるまで、時間はかからなかった。改札を出てすぐ「西武池袋本店」の文字が目に飛び込んできたのだ。見覚えのあるSEIBUのロゴがそこかしこに散らばっている。大津市民が失った光景と再会し、マスクの上から口を押さえた。たしかに、草津市民である須田とはこの感覚を共有できないだろう。

「写真撮ってくれるか」

そう言って成瀬はわたしにデジカメを持たせ、地下入口に立って真顔でピースサインをした。道行く人々が「なんやこいつ」という顔をしながら入っていくので、わたしは慌ててシャッターボタンを押す。ここは東京だから「なんだこいつ」が正しいだろうかと思いながら、成瀬にデジカメを返した。

店に入ると、初めて来たはずなのに懐かしさを覚えた。西武大津店とはテナントも品揃えも全然違うのに、館内の空気が西武なのだ。成瀬は目に涙を浮かべている。ずいぶん大げさだと笑いたくなるが、わたしの胸にもこみあげるものがあって、うまく言葉が出てこない。

「地上に行って、外から見てみよう」

エスカレーターまでたどり着くにも人をよけて歩かなければならない。西武大津店がいつもガラガラだったことを思い出す。

店の外に出たら、自分が小さくなったような錯覚に陥った。西武池袋本店は巨大で、わたしの考えるデパートの五軒分ぐらいはあった。西武大津店の一階の端で営業していた無印良品だけで一つのビルになっている。「池袋駅東口」と書かれた入口もあるが、どういう構造になっているのだろう。

また成瀬から写真を撮るよう頼まれ、わたしを道連れにしたのはカメラマンにするためだったのだと悟る。なんだか腹立たしくなり、「わたしの写真も撮ってよ」とスマホを渡した。成瀬の撮った写真はわたしの姿とＳＥＩＢＵのロゴがちゃんと収まっている以外、特筆すべき箇所はなかった。

「本店はすごいな。もはやデパートと言うより街だな」

成瀬は興味深そうにいろんな角度から写真を撮っている。

「わたしは将来、大津にデパートを建てようと思ってるんだ」

こんなふうに目標とも夢とも野望ともつかないことを気安く口に出せたらどんなに楽だろう。あの寂れた街にデパートを出店するのはさすがに無茶だと思うが、わたしが反論したところで成瀬が考えを改めるはずがない。

「今日はそのための視察？」

わたしが尋ねると、成瀬は「そうだ」と満足気に答えた。

東大に戻る地下鉄の中で、わたしは成瀬に「どうして坊主にしたの？」と尋ねた。成瀬は意外そうな表情でベリーショートの髪に触れる。

「はじめて訊かれたな。みんな訊きづらいんだろうか」

「そりゃ訊きづらいでしょ」

反応を見るに、深刻な事情があるわけではないらしい。

「人間の髪は一ヶ月に一センチ伸びると言うだろう。その実験だ」

意味がよくわからず黙っていると、成瀬が続けた。

「入学前の四月一日に全部剃ったから、三月一日の卒業式には三十五センチになっているのか、検証しようと思ったんだ」

わたしは思わず噴き出した。小学生の頃、朝礼台に上る成瀬の肩まで伸びる直毛を見て、わたしもあんな髪だったらよかったのにと羨んだのは一度や二度じゃない。

「全部剃らなくても、ある時点での長さを測っておいて、差を計算したらよくない？」

わたしだって縮毛矯正したことで、地毛が伸びるスピードがわかった。

「ちゃんと厳密にやりたかったんだ。それに、美容院に行くと、内側と外側で長さを変えられてしまうだろう。全体を同時に伸ばしたらどうなるか、気にならないか？」

一瞬納得したが、同意するのは悔しくて「そうだね」と軽く答える。

「しかし短髪が想像以上に快適で、伸ばすのが面倒になってきている」

成瀬は頭頂部の髪をつまんで言った。

「せっかく剃ったんだから、最後までちゃんとやんなよ」

また憎まれ口を叩いてしまったが、成瀬は真顔で「大貫の言うとおりだな」とうなずいた。

「この前、せっかく来てくれたのにごめんね」

思い切って謝ったのに、成瀬は「何のことだ？」とはぐらかした。それ以上追及するのも野暮な気がして、何も言わないでおいた。

東大に着いた瞬間、成瀬は「また二学期に会おう」と言い残して雑踏に消えていった。東大を目指しているのかどうかも定かでなかったが、尋ねたところで腑に落ちる答えは返ってこないだろう。

スマホを見ると、須田から「これから理学部の説明会です」とメッセージが入っていた。わたしは「文学部の模擬講義に行ってみます」と返信し、キャンパスマップで文学部の位置を確認する。

一人になって改めてまわりを見ると、いろいろな人がいる。さっきは派手な人ばかり目に入っていたけれど、地味な雰囲気の人もいるし、普段着でふらっと来たような人もいる。わたしの描く相関図の外で暮らしている人たちも、それぞれの相関図の中で生きている。これだけ多くの人がいる世界で、線がつながるなんて奇跡みたいな確率だ。

わたしは文学部に向けて歩を進めながら、二学期がはじまったら今日の出来事を悠子に話したいなと思った。

レッツゴーミシガン

盛大にセミが鳴く滋賀市民センターで、俺はひとりの選手から目を離せずにいた。

第四十五回全国高等学校小倉百人一首かるた選手権大会団体戦Dブロック一回戦。俺たち広島県代表錦木《にしきぎ》高校は大分県代表と戦っている。俺は抜け番で、部屋の隅から試合の行方を見守っていた。

試合をしている四十人の中で、滋賀県代表膳所高校の五番席に座る彼女だけ何かが違っていた。とにかく動きが大きいのだ。もっと無駄なく払う方法があるだろうと思うのだが、それでいてちゃんと狙いの札は射止めている。素振りのフォームも独特で、見たことのない腕の動かし方をしていた。

あんなのが対戦相手だったらペースを乱されて大変だろうなと眺めているうちに、いつのまにか目が離せなくなっていた。彼女が札を払うたび、ちょんまげにした前髪が揺れる。絶え間ないセミの鳴き声に混じって、どこからともなく鐘の音が聞こえた気がした。

「桃谷《ももたに》先輩を見た瞬間、ゴーンゴーンって鐘の音が聞こえたんだよ」

「またかよ」

結希人《ゆきと》の恋愛話に付き合うのは何度目だろう。俺がまだ男女の区別もついていないような頃から、結希人は「将来はれい先生と結婚する」と色気づいていた。小学生のときは大学生のお姉さんに惹かれて地域のサークルに入っていたし、中学に入学したときも美人の先輩目当てに吹奏楽部に入った。錦木高校を目指したのも、塾で一目惚れした女の子の志望校だったからだ。その子は直前で志望校を変えたのか、一緒に入学することは叶わず、結希人は新たな出会いを探していた。

「それで、俺も桃谷先輩と同じかるた部に入ろうと思うんだけど、にっしゃんも一緒に入らない？」

「かるた？」

競技かるたの存在は知っているが、一度もやったことはない。錦木高校は広島県代表として何度か全国大会に出ているという。

「YouTubeでかるたの試合を見たんだけど、おまえみたいな大男はいないから面白いと思うんだ。それに、畳の上で戦うことには慣れてるだろ？」

あまり関係ない気がするが、たしかに俺は去年の夏まで白い道着で畳の上に立っていた。身体が大きいという理由だけで、小さい頃から柔道教室に通わされていたのだ。まわりの期待に応えるかのように一八六センチ、一〇〇キロまで育ったものの、試合ではたいした結果を残せなかった。同じ体型の弟は県大会で優勝するほどの実力者なので、向いてなかったのだと思う。

柔道には見切りをつけて、高校からは何か新しいことをはじめるつもりだった。結希人にもそんな話をしていたから、俺を誘ってくれたのだろう。

翌日、俺は結希人とかるた部の見学に行った。三年生と二年生は合わせて十二人で、全員女子だった。見学に来ている一年生も女子ばかりだ。これまで女子とは縁遠い人生を送ってきたから、俺一人だったら確実に逃げ出していた。

三年生の桃谷先輩はマスクで顔が隠れていても雰囲気のある美人で、結希人の一貫した好みがうかがえた。これまでの反省を生かして別のタイプを狙うべきだと思うのだが、そうしないところが結希人の美学なのかもしれない。

「大きいね、何かやってたの？」

人の良さそうな垂れ目の先輩が話しかけてくる。

「小さい頃から柔道をやってました」

「えー、すごい」

「手が大きいから有利なんじゃない？」

先輩たちが俺を取り囲んでわいわい盛り上がりはじめた。まるでゆるキャラの着ぐるみになったかのようだ。助けを求めるように結希人を見ると、さっそく桃谷先輩に話しかけているところだった。

成り行きで入ったかるた部だったが、練習すればするほど上達するのが面白かった。成果の上がらない柔道を惰性で続けてきたのだからその差は歴然だ。練習の甲斐あって、一年生のうちに初段を取得することができた。

二年生になり、めでたく全国大会団体戦へのきっぷをつかんだ俺たちは、かるたの聖地である滋賀県大津市に乗り込んだ。

メイン会場は近江《おうみ》神宮の近江勧学館《かんがくかん》だが、そこで予選を戦える学校はごく一部だ。主将の尾上《おのえ》先輩が引き当てたDブロックの会場は一駅隣の滋賀市民センターで、その古びた外観を見たときにはがっかりした。家の近くにある公民館と大差なく、新幹線に乗って遠路はるばるやってきたのはなんだったのかと思ってしまう。

しかし、この会場だったからこそ彼女を見られたのだと思うと、運命めいたものを感じる。彼女が十枚差で相手を下したときには、もうあの動きを見られないのかと残念だった。使い終わった札を揃えた彼女は、正座で背筋を伸ばしたままチームメイトを見つめている。その様子を見て、俺はあわてて錦木かるた部に目を向けた。

結果、錦木高校は一回戦負け。膳所高校は二回戦進出を決めた。彼女は無表情のままチームメイトとハイタッチをして、部屋を出ていく。

「どうした？　かわいい子いた？」

彼女を目で追っていると、結希人が目ざとく指摘してきた。

「いや、なんでもない」

とっさに否定したが、顔が熱くなっているのがわかる。最後に読まれた札が「忍ぶれど色に出でにけりわが恋は物や思ふと人の問ふまで」だったことが否応なく思い出される。からかわれるかと思ったが、結希人は真剣な顔で「気になる子がいるなら絶対話しかけないとだめだよ」と俺の腕をつかんで部屋の外に出た。

「どの子？」

背中に「膳所」と書かれた黒いTシャツの集団はすぐに見つかったが、彼女の姿はなかった。

「いないみたい。次の試合の準備もあるだろうし、戻ろう」

俺はただ彼女の動きが気になっただけで、話しかけたいとか近づきたいとかそういう気持ちは一切ないのだ。桃谷先輩に振られたあとも、女子との出会いに期待してかるたを続けている結希人とは違う。さっさと宿に戻って、明日の個人戦に備えたい。

「いやいやいや、一人でいるってことでしょ？　千載一遇のチャンスじゃん」

勝手に色めき立つ結希人の向こうから、彼女が歩いてくるのが見えた。俺の表情の変化を感じ取ったのか、結希人が振り返って「あの子だな」と狙いを定める。

「こんにちは。僕は広島県代表、錦木高校二年の中橋《なかはし》結希人です」

あまりに迷いなく話しかける結希人を見て、俺はあっけに取られていた。知らないやつから話しかけられたら誰だって警戒するだろう。俺がヒヤヒヤしていると、彼女は意外にも表情を緩めて応えた。

「わたしは膳所高校二年の成瀬あかりだ。大津へようこそ」

ＲＰＧの村人みたいな口調に違和感を覚える。普段からこんなふうなのだろうか。

「こいつが成瀬さんに興味を持ったみたいで」

結希人が言うと、成瀬さんが俺の顔を見上げた。目が合っただけで萎縮してしまい、前髪のちょんまげに向かって「同じく錦木高校二年の西浦航一郎《にしうらこういちろう》です」と名乗るのが精一杯だった。

「そうか」

成瀬さんはうなずいて、マスクの位置を直した。

「ゆっくり話をしたいところだが、あいにくこの後も試合がある。明日は個人戦だ。あさってなら空いているのだが……まだ大津にいるか？」

俺も結希人も明日の夜には広島に帰る予定だ。きっと成瀬さんもそれをわかっていて、体よくあしらおうとしているのだろう。穏便に済みそうだとほっとしたのに、結希人が間髪いれずに「うん、大丈夫」と答えた。

「それはよかった。あさって午前十時三十分に、大津港まで来てほしい。ミシガンに乗ろう」

「ミシガン？」

かろうじてつぶやいた俺だったが、チームメイトに「なるぴょーん」と呼ばれた成瀬さんは「すまない、また会おう」と言い残して去っていった。


「いやぁ、まさかうまくいくとは思わなかったな」

滞在先のおごと温泉へ移動中、結希人は何度も繰り返した。俺は気持ちの整理がつかず、つり革の上のバーを両手で握りしめたままどうしたものかと悩んでいる。

「結希人くん、またナンパしてたでしょ」

「膳所高の子だよね？　何話してたの？」

結希人は「ナンパじゃないですよ」とニヤニヤしている。

「俺じゃなくて、にっしゃんが一目惚れしたんです」

先輩のみならず、同じ車両に乗り合わせた全員が俺に注目したような気がした。俺は「一目惚れなんかしてねぇし」と結希人の肩を小突いたが、すでに目を輝かせている先輩たちに信じてもらえるはずがない。

「えっ、にっしゃんが?」

「それで、うまくいったの?」

「こいつ、あさって会ってもらえることになったんですよ」

俺は「うわー」と声を上げ、頭を抱えてしゃがみ込んだ。

旅館の大広間に集まった錦木かるた部のメンバーは、明日の個人戦そっちのけで成瀬あかりに関心を向けていた。

「ほんとだ、たしかに変わった取り方してるね」

YouTubeで団体戦が中継されているおかげで、彼女の姿はかるた部全員に共有されるところとなった。俺も改めて見てみたが、醸し出すオーラまでは伝わらない。あの部屋でひとりだけ異様な波動を放っていたのに。

「個人戦、同じB級だけど会場が違うみたい。残念」

尾上先輩がプログラムをめくりながら言う。俺はD級だから、個人戦で戦うチャンスはない。

「でも、知らない相手といきなりデートするかな?」

「からかわれてるんじゃないの？」

「誰も来なかったらにっしゃんかわいそう」

好き勝手言われているが、それは俺も気になっているところである。

「成瀬あかりさん、大津市民短歌コンクールで大津市長賞もらってるよ」

「えっ、Ｍ－１グランプリにも出てる！　コンビ名『ゼゼカラ』だって」

「地元愛ヤバい」

俺もスマホで検索してみると、大津市長の隣で賞状を持っている小学生時代の成瀬さんや、ユニフォームを着て相方と立っている成瀬さんの写真が現れた。マスクをはずしたほうがかわいいなと思って、ひとりで照れる。

「なんか、すごい人っぽいね」

「にっしゃんってこういう子がタイプだったんだ」

「だから、別に好きとかではないんです」

俺だって特定の女子に対して特別な感情を抱いたことはある。しかし何度か話しているうちに好意を抱くのがいつもの流れだ。こんな一瞬で好きになるはずはない。

「そういえば、なるぴょんがミシガンに乗ろうって言ってました」

結希人が言うと、成瀬さんの新情報を得たとばかりに一同スマホを操作する。

「なるぴょんって呼んでんじゃねえよ」

結希人に突っ込みつつ、俺も「大津　ミシガン」で検索すると、琵琶湖の観光船が現れた。

「これ、デートで乗るやつじゃん」

「いいなー、わたしも乗りたい」

「そんなことより明日に向けて練習しましょう」

気持ちを切り替えるべく札を手に取る。一番上にあった札は、よりによって「由良のとを

わたる舟人かぢをたえゆくへも知らぬ恋の道かな」だった。

俺は結希人とともに、約束の十五分前には大津港のミシガン乗り場に到着した。成瀬さんと一対一で会うのに不安があった俺は、結希人の「いちおう俺も付き合おうか？」という提案にすがってしまったのだ。先輩たちは「にっしゃんのデート見たかったー」と言いながら名残惜しそうに広島へ帰った。

「むしろ来てくれなかったらそれでいいけど」

「いや、なるぴょんは絶対に来る」

「おまえは成瀬さんのなんなんだ」

気の利いた服は持ってきていないから、学校の制服のワイシャツと黒いズボンである。もっとも、俺の普段着はジャージなので、制服でよかったという気もする。

俺たちは大津港の近くのビジネスホテルに泊まり、チェックアウトして歩いてきた。ミシガン乗り場には家族連れの姿が多い。バスツアーで来たらしい高齢者の団体もいる。

「俺たちが乗るのは十一時発の九十分コースかな」

結希人がチケット売り場に掲示された時刻表を見て言う。毎日運行のクルーズは一日四便で、土日祝にはナイトクルーズがあるという。

「待たせてすまない」

声のする方を見ると、水色のワンピースに白い麦わら帽子を身につけた成瀬さんが立っていた。黒Tシャツ黒ジャージとはうって変わって夏らしい装いで、よく似合っている。俺が何も言えずにいると、代わりに結希人が「ううん、いま来たところ」とフォローした。

「今日は晴れていて、絶好のクルーズ日和だ」

成瀬さんは琵琶湖の方を見て、目を細めた。

「先日、商店街の福引きでミシガンクルーズペアご招待券を当てたんだ。二人が来てくれてちょうどよかった」

成瀬さんはそう言って招待券を二枚見せた。

「えっ、俺たちが使っていいの?」

「大津市民憲章に『あたたかい気持ちで旅の人をむかえましょう』と書かれている。わたしとしても、旅の人をもてなすことができて光栄だ」

見ず知らずの俺たちを誘ってくれたのは大津市民憲章のおかげだったらしい。そこまで忠実に守ろうとする市民がいるなんて驚きだ。

「わたしには大津市民割引があるから気にしなくていい。引き換えてくるから少し待っていてくれ」

成瀬さんは窓口に向かっていった。

「ミシガン、楽しみになってきたな」

結希人の様子を見て、一抹の不安が兆した。

「まさかおまえ、成瀬さんのこと……」

この男の原動力は常に女子である。幼なじみの俺を心配していると見せかけて、成瀬さん狙いの可能性も十分だ。

「いや、それはない」

結希人は即座に否定した。それはそれで成瀬さんに魅力がないのかと苛立ってしまう。

「二人の邪魔はしないように、途中で適当に離れるよ。成瀬さんの乗船料は割り勘したらいいんじゃない？」

その提案はたしかに筋が通っている。俺が気前よく乗船料を払いたいところだが、予期せぬ延泊で出費がかさんでいる。戻ってきた成瀬さんは俺たちにチケットと船内案内を手渡してくれた。

「成瀬さんの乗船料、俺たちも払うよ」

「いや、本当に気にしないでくれ。その分で大津みやげを買ってお金を落としていってくれたらいい」

あまりの余裕ぶりに、もしかしたらミシガンの所有者なのかと疑いたくなる。結希人は「そうだね、先輩たちにもおみやげ買わないと」とのんきに応じていた。

湖岸にはミシガンと、「うみのこ」と書かれた船が停まっていた。

「うみのこは滋賀県内の小学五年生が乗る学習船なんだ。琵琶湖の生き物や水質について学習して、カレーを食べる」

ネットで見た小学生時代の成瀬さんが思い浮かんだ。遠く離れた滋賀で同じ時代を過ごしていたのだと、不思議な気持ちになる。

出港の十分前になり、ミシガンに乗船した。

「まずは三階に上がろう」

成瀬さんに従って階段を上がる。三階のガラス張りの部屋にはステージと自由席があり、冷房が効いていて涼しい。

「今日は晴れていて、絶好のクルーズ日和です！」

ミシガンパーサーが成瀬さんと同じことを言うので笑ってしまった。立候補した五歳ぐらいの子どもがステージに上がり、出港のドラを鳴らす。

船は大津港を離れて北へと進んでいく。四階のデッキに上がると、ほどよく風が吹いていた。成瀬さんが椅子に座ったので、俺もその隣に腰を下ろす。結希人は気を利かせたのか、スマホで琵琶湖の写真を撮りながら見えないところへ消えていった。

「ここでぼんやりするのが好きなんだ」

俺も成瀬さんにならって対岸の景色を眺めてみた。琵琶湖は一見海のようだが、潮の匂いがしない。空気はからっとしているし、船はほとんど揺れない。

「成瀬さんはミシガンよく乗るの？」

「そうでもない。年に二、三回だ」

地元の観光スポットにしてはかなり多い方ではないか。広島にも遊覧船はあるが、小さい頃に家族で一度乗ったきりだ。

「何度乗っても飽きない。いい船だ」

成瀬さんがしみじみ言う。余計な言葉は要らない気がして、俺も黙ったまま空を見た。成瀬さんとの間に流れる沈黙が心地よい。何かにつけてワーワー騒ぎ立てる錦木かるた部の女子とはえらい違いだ。

「西浦と中橋は長い付き合いなのか」

ちゃんと名前を覚えられていたことが意外で、足の裏がくすぐったくなった。

「うん。保育園からの腐れ縁」

「わたしも世話になっている幼なじみがいる。ミシガンに乗る相手がいなかったら、彼女と乗るつもりだった」

「えっ、なんか悪いね」

「いいんだ。彼女とはいつでも来られるからな」

どんな人なのか、想像が膨らむ。その人も成瀬さんみたいな話し方をするのだろうか。ちょっと会ってみたかった。

「成瀬さんはいつからかるたをはじめたの？」

「高校に入ってからだ」

成瀬さんは三回の大会で初段、二段、三段とストレートで上がってきたという。

「きのうがB級デビューだったが、さすがに厳しかった。もっと上を目指すには、美しい取り方を研究しないとだめだな」

成瀬さんは素振りするように手を動かした。

「成瀬さんの目標は？」

「わたしは二百歳まで生きようと思っている」

かるたにおける目標を訊いたつもりだったのに、壮大な目標を聞かされて面食らう。冗談かと思って表情をうかがうが、いたって真剣そうだ。

「さすがに二百歳は……大変そうだね」

否定するのもよくないかと思い、率直な感想を述べた。

「昔は百歳まで生きると言っても信じてもらえなかっただろう。近い将来、二百歳まで生きるのが当たり前になってもおかしくない」

成瀬さんは生存率を上げるため、日頃からサバイバル知識を蓄えているそうだ。

「わたしが思うに、これまで二百歳まで生きた人がいないのは、ほとんどの人が二百歳まで生きようと思っていないからだと思うんだ。二百歳まで生きようと思う人が増えれば、そのうち一人ぐらいは二百歳まで生きるかもしれない」

唐突に、成瀬さんが好きだ、と思った。認めた、と言ったほうが正しいだろうか。もっとそばにいて、もっと話を聞いていたい。このままずっと、ミシガンが琵琶湖の上を漂ってくれればいい。視界の隅で結希人が俺たちの方にスマホを向けているのが見えたが、構っている暇はない。

「成瀬さんは、好きな人いるの？」

仮にいなかったとして、俺に勝機はあるのだろうか。今日中に広島に帰らなくてはならないし、頻繁に会いに来るような財力はない。

「それはつまり、恋心を抱く相手がいるかという質問か？」

「うん」

成瀬さんは「はじめて訊かれたな」とつぶやき、顎に手を当てて何やら考えている。

「そのような質問をするということは、西浦はわたしが好きなのか」

我ながらカッコ悪すぎて、奇声を上げて琵琶湖に飛び込みたくなった。回りくどい質問などせずに事実を伝えたらよかった。

「ごめん、なんでもな……」

「この短時間でわたしのどこに惹かれたのか教えてくれないか」

成瀬さんが俺の目を見て尋ねる。

「だれにも似てないところかな」

考える前に口から出ていた。少なくとも、これまで俺が出会ってきた女子の中に成瀬さんのような人はいなかった。成瀬さんは「なるほど」とうなずく。

「しかし大津にもわたしに似た人はそうそういないはずだが、好きだと言われたことはない。おそらく西浦に引っかかる何かがあったんだろうな」

成瀬さんは再び視線を遠くに向けた。もっと気の利いたことを言うべきだったのだろうか。さっきは心地よく感じられた沈黙も、今はじわじわ俺を責めているような気がする。

「一周してきたけど、すごいね」

結希人が興奮気味にやってきた。助けに来てくれたのか、単なる偶然か。

「西浦にもほかの場所を案内しないとな」

成瀬さんは何事もなかったかのように立ち上がり、階段に向かって歩いていった。

一階に下りると、想像以上に湖面が近かった。気付いていなかっただけで、かなりスピードが出ているのがわかる。湖というと水色のイメージがあるが、よく見ると青とも緑とも灰色ともつかない色だ。

「なんだか落ちそうで怖いね」

結希人が言うと、成瀬さんは「万が一落ちたら、近くにいる人にうきわを投げてもらうといい」と柵にくくりつけられたうきわを指差した。

「もしも誰もいなかったら、とにかく何も考えずに空を見て力を抜くんだ。人間は空気を吸うと、体の二％が浮くようになっている。鼻と口が出ていれば死ぬことはない。ただし淡水は海水と比べて浮きにくいから、注意が必要だ」

成瀬さんが熱弁をふるうと、結希人が訝しげに俺の顔を見た。

「成瀬さんは二百歳まで生きるために、不慮の事故に備えてるんだって」

「二百歳？」

結希人が笑うのを見て、後頭部を叩きたくなる。成瀬さんは慣れているのか、言い返すことなく湖面を眺めていた。

二階の船尾に移動すると、赤い外輪が水しぶきを上げて豪快に回っているのが見えた。成瀬さんによれば、外輪で動く現役の船は世界的にも珍しいという。外輪にかき混ぜられた湖面は白く泡立ち、しばらくすると元の穏やかな湖面に戻る。俺と結希人が外輪を覗き込んでいる間、成瀬さんは少し離れたところから見ていた。

「どうかした？」

「巻き込まれたら即死だから、あまり近寄らないようにしているんだ」

そう言われたら俺まで怖くなってきて、手すりから離れた。「大げさだなぁ」と言う結希人を見て、こいつは百歳までも生きられないんだろうなと思う。

クルーズの終盤には三階のステージに戻り、音楽ライブを鑑賞した。ミュージカルの曲やディズニー映画の曲をミシガンシンガーが歌う。

成瀬さんはリズムに合わせて肩を揺らしながら手拍子を打っている。俺も一緒に手を叩いてみたら、船と一体化しているような気分になってきた。ミシガンシンガーのひとりが成瀬さんに「ノリノリで聞いてくれてありがとう！」と声をかける。俺は成瀬さんとリズムを合わせることに心を砕いた。

九十分の航行を終え、ミシガンは大津港に着岸した。

「めちゃくちゃ楽しかったよ」

船を下りた瞬間、結希人が言った。音楽ライブの間ずっとスマホをいじっていたくせにと腹が立ってくる。

「それはよかった」

成瀬さんが結希人に応じた。うまく言葉が出てこないのが悔しい。俺は結希人に「写真撮ってくれる?」とスマホを渡した。

「記念写真ならわたしが撮ろう」

俺は膝から崩れ落ちそうになった。成瀬さんにとって俺と結希人は今でも同等の「旅の人」でしかないらしい。

「いや、俺が成瀬さんと写りたいんだ」

成瀬さんは冷静に「あぁ、そういうことか」と言って、マスクをはずした。俺たちはミシガンをバックに並んで結希人のほうを見る。

「撮るよー、はいチーズ」

結希人からスマホを受け取ると、硬い表情でピースをしている俺と、無表情でまっすぐ立つ成瀬さんが写っていた。

「すまない、トイレに行ってくる」

そんなストレートに言うものなのかと思いつつ、建物に入っていく成瀬さんの後ろ姿を見送った。

「にっしゃん、大丈夫?」

結希人が俺の顔を見て尋ねる。

「何が?」

「成瀬さんって、普通じゃないよね? おとといからなんとなく違和感があったけど、だいぶ変わってるなと思って。二人でいたときも、会話が弾んでなかったみたいだし……」

こいつは何もわかっちゃいない。小さい頃から俺の何を見てきたのか。しかし俺を心配してくれているのはわかるし、延泊してまで付き合ってもらった恩がある。結希人に従ってリタイアする選択肢もあるけれど、このまま広島に帰ったら絶対に後悔する。

「悪いけど、成瀬さんと二人きりにしてほしい」

「マジか」

結希人が目を見開く。

「成瀬さんのどこがいいの？」

「うるせえな、俺だっておまえが誰かを好きになるたびそう思ってるよ」

言ったそばからちょっと言い過ぎたかと思ったが、結希人は「たしかにそうだな」と苦笑した。

「さぁ、昼ごはんを食べに行こう」

トイレから戻ってきた成瀬さんが言うと、結希人が一歩前に進み出た。

「今日はミシガンに乗せてくれてありがとう。早く戻らないといけない用事ができたから、俺は先に帰るよ」

成瀬さんは特段驚いた様子もなく「そうか」と応じる。

「残念だが仕方ない。またぜひ大津に来てくれ」

「わかった」

結希人は小声で「健闘を祈るよ」と言い残し、去っていった。

成瀬さんの案内で、近くの食事処に移動した。結希人がいなくなったら不安になるかと思ったけれど、解放感のほうが強い。自転車の補助輪が外れたときのように、どこへでも走っていけそうだ。

「ここではミシガンの乗船券を見せると会計が一〇％ＯＦＦになるんだ。しかも滋賀県産キヌヒカリのご飯おかわり自由ときている」

俺はカレーライスをおかずにご飯を食べるほど米が好きだ。ご飯おかわり自由の店なんて、俺のために選んでくれたのかと思うほどぴったりだ。

「成瀬さんもご飯好きなの？」

「大好きだ」

成瀬さんの言い方は清々しくて、ご飯じゃなくて俺に向けられたものだったらどんなによかったかと思う。

「わたしのおすすめは近江牛コロッケ定食だ」

近江牛コロッケ定食という響きだけでご飯一杯はいけそうだ。出てきたのはご飯、漬け物、味噌汁、コロッケ、だし巻き玉子、きんぴらごぼうという百点満点の内容だった。

「中橋も食べていけばよかったのに、気の毒だったな」

俺も結希人を帰らせたことが申し訳なくなるぐらい、近江牛コロッケがうまかった。サクサクの衣に、ほくほくの中身が最高にマッチしている。さっきは腹が減って余計にイライラしていたのだ。あいつもそのへんでうまいものを食べていたらいいなと思う。

結果、俺はご飯を大盛り四杯、成瀬さんは二杯たいらげて店を出た。

「歩くのは好きか？」

好きか嫌いかで考えたことはなかったが、少なくとも嫌ではない。

「うん、大丈夫」

「それなら、少し散歩しよう」

琵琶湖沿いは遊歩道になっていて、人がまばらに歩いている。

「成瀬さんは大津のどのへんに住んでるの？」

「ここから直線距離で一キロぐらいの場所だ。せっかくだから寄っていくか？」

「ええっ」

成瀬さんがどんな家に住んでいるのか興味はあるが、出会ってまもない男をむやみに連れていかないほうがいいと言いたくなる。

「いや、今日はやめておくよ」

「まぁ、たしかに遠回りになるからな」

よくわからないが納得してくれたらしい。

「近江神宮も近くていいね」

「あぁ。幼稚園の頃、遠足で石坂線に乗ってどんぐり拾いに行ったものだ」

馬鹿笑いをして盛り上がる男子高生の集団が向こうから歩いてきた。俺と成瀬さんは他人からどんなふうに見えているのだろう。いつもなら意識することもないのに、なんとなく緊張しながらすれ違う。

そもそも成瀬さんは俺のことをどう思っているのか。さっきの告白がうやむやになっているのが気になる。成瀬さんは歩きながら「琵琶湖は河川法上は一級河川」とか「一番深いところでは水深一〇四メートル」などと琵琶湖豆知識を披露する。やっぱり俺は旅の人でしかないのだろうか。

俺が気を揉んでいると、突然成瀬さんが立ち止まった。

「悩んでいるようだな」

俺の考えが読まれているのかとドキッとしたが、成瀬さんの視線の先ではスーツ姿の男が湖岸すれすれのところで体育座りをして遠くを見ていた。

「あの男、飛び込まないよう注視したほうがいい」

「こんな昼間から？」

「昼間だろうと飛び込みたい人は飛び込むものだ」

俺たちが小声で話していると、不意にその男が立ち上がった。言われてみれば、ふらふらしていて様子がおかしい気がする。

「まずい、西浦、止めに行こう」

言うより早く成瀬さんが駆け出した。思いのほか足が速い。俺もダッシュで追いかける。

「待て、早まってはいけない」

男が成瀬さんに気を取られた隙に、俺は男の胴体に腕を巻きつけて岸から離れるように引っ張った。

「ちょっ、な、何するんだ」

「琵琶湖に飛び込むつもりじゃないのか」

「飛び込まねえよ」

怒鳴り声に気圧《けお》されて、俺は腕をほどく。

「思いつめた様子だったから、飛び込むのかと思ってしまった。申し訳ない」

男は不機嫌そうにスーツを直している。頭頂部の毛が薄くなっているが、顔から察するに四十歳ぐらいだろうか。力加減はしたつもりだが、出るところに出られたらヤバいかもしれない。

「……さすがにここでは死ねなそうだから諦めたところだ」

ふてくされた男の言葉に、俺は思わず「マジか」と声に出していた。

「よくぞ思いとどまってくれた」

成瀬さんは感激した様子で大きくうなずく。

「おまえたちは何なんだ」

「わたしは成瀬あかり。膳所高校の二年生だ。すべてわたしの判断でしたことなので、この男に責任はない」

「こんなでかい男につかまれて平気でいられるかよ」

「緊急事態だったんだからやむを得ないだろう」

成瀬さんは強気で言い返す。

「このあたりで入水《じゅすい》自殺をはかったら、ミシガンの外輪に巻き込まれて事故になるからやめてほしい」

成瀬さんの指差す先に、ミシガンが運航しているのが見えた。

「適当なこと言いやがって。おまえに何がわかる」

それだけ怒る元気があるなら自殺しないと思うのだが、人の心はわからない。

「たしかにわたしは人生経験が少ないし、貴殿の苦しみはわからない。でも、自殺するのはあまりにもったいないと思うんだ」

成瀬さんは怯まずに説得を続ける。どうしてこんなに堂々としていられるのだろう。もしも男が成瀬さんにつかみかかったら飛び込んでいくべきだろうが、俺だって怖い。これ以上刺激しないでくれと祈るばかりだ。

「もしかしたら貴殿が二百歳まで生きた最初の人間になるかもしれないのに、ここで死んだら記録を達成できないじゃないか」

「二百歳？　そんなわけねえだろ」

「先のことなんてわからないだろう。貴殿は二〇一九年に東京オリンピック延期を予想できたのか？」

「屁理屈ばっかり言いやがって！」

「大丈夫ですか？」

二人組の警察官が駆け足でやってきた。気付けば、遠巻きに通行人が見ている。

「言い争っている人たちがいると通報があったので」

「この男が自殺を企図していたから声かけをしていたんだ」

成瀬さんがスーツの男を指差して言った。

「そうです。思いつめている様子だったので、お話を聞いていました」

俺もなにかの足しになればと加勢する。男は何か言いたげな様子で口をパクパクさせているが、言葉が出てこないようだ。俺もそういうことあるなと、妙に共感してしまう。

「わたしのような若輩者では手に負えないと思っていたところだ。どうか、よろしく頼む」

成瀬さんがうやうやしく頭を下げる。警察官のひとりは男が混乱していると受け取ったのか、優しく声をかけてどこかに連れて行った。

「あなたのお名前は」

もうひとりの警察官が成瀬さんに話しかけた。

「わたしは膳所高校二年の成瀬あかりだ。こちらは広島から来ている西浦くんだが、巻き込んだのはわたしなので、全面的に責任を負うつもりだ」

俺たちはいくつかの質問に答えたのち解放され、散歩を再開した。

「西浦がいたおかげで助かった」

「俺はただ見てただけだったけど」

それどころか怖がっていたのだが、成瀬さんには言えない。

「いや、かなり心強かった。もしものことがあっても西浦が体当たりすれば勝てるだろうと踏んだんだ」

旅の人からボディーガードにランクアップしていたらしい。小さい頃からご飯をたくさん食べてでかくなった甲斐があった。

「さっきからずっと考えていたんだが、わたしは西浦の気持ちには応えられない。今は自分のことに忙しくて、恋愛は人生の後半に回そうと思っているんだ」

俺は思わず噴き出した。それでいくとあと八十年以上待たなくてはならない。でも、成瀬さんがちゃんと考えて返事をくれたのがうれしかった。

「さっきのやり取りを見て、俺はますます成瀬さんが好きになったよ」

危なっかしいのにカッコよくて、目が離せない。きっと直接言わないだけで、成瀬さんを好きな人は近くにもいるんじゃないかと思う。

「本当か？」

成瀬さんは驚きの声を上げた。

「ああいうことをすると、たいてい『危ないからやめなよ』って言われるんだが」

ということは前例があるのか。警察への対応も慣れていたし、あるのだろうなと納得してしまう。

「恋愛なんて他人事だと思っていたから、好きと言われるのは不思議な気持ちだ」

照れたように目をそらす成瀬さんがかわいくて、気持ちを伝えてよかったと思えた。

膳所駅の改札まで来ると、この旅が終わってしまう寂しさに包まれる一方で、もうすぐ緊張が解けることにほっとする気持ちもあった。

「成瀬さんの連絡先、教えてもらってもいい?」

どのタイミングで訊くべきかわからず、ここまで来てしまった。断られたらどうしようと、スマホを持つ手が震える。

「あぁ、構わない」

安心したのも束の間、なぜか成瀬さんはメモ帳を取り出し、何やら書いて渡してくれた。

「わたしはスマホを持っていないんだ」

俺は耳を疑った。たしかに成瀬さんは一度もスマホをいじっている様子がなかった。しかしスマホなしでどうやって生活しているのだろう。もらったメモには硬筆のお手本みたいな文字で氏名と住所と固定電話の番号が書かれている。

「スマホ……持ってないんだ?」

あまりの衝撃に、成瀬さんの言葉をそのまま繰り返していた。

「まぁ、気軽に電話してくれたらいい」

友達であっても家の電話にかけたことなんてない。たぶんかけられないだろうなと思いつつ、成瀬さんの貴重な個人情報をなくすまいと、二つ折りにしてワイシャツの胸ポケットにしまった。

「今日はありがとう。楽しかった」

「そう言ってもらえてうれしい」

成瀬さんが握手を求めるように手を差し出したので、俺はズボンの太もも部分で手汗を拭き、両手で慎重にその手を包んだ。俺からすれば大抵の人の手は小さいものだが、成瀬さんの手は思った以上に小さくて、頼りなく感じた。

俺は名残惜しくも成瀬さんと別れて、ホームに降りた。ここから在来線で京都駅まで行き、新幹線に乗り換えて二時間もすれば広島に着く。また来年も大津に来られるだろうか。感慨にふけっていたら何者かに背中を叩かれ、心臓が止まるかと思った。

「お疲れ～」

現れたのは結希人だった。

「おまえ、ずっと付いてきてたのか？」

「うん。みんながにっしゃんのこと心配してるから、ＬＩＮＥで実況してたんだ。警察が来たときにはどうなることかと思ったけど、その後はいい感じだったじゃん」

もはや怒る気にもならなかった。部活に行ったらこのネタで当分いじられることだろう。

だからといって今日したことに後悔はない。成瀬さんが書いてくれたメモがちゃんと入っているか、胸ポケットを触って確かめる。

「ちゃんとＬＩＮＥ交換した？」

「成瀬さんはスマホ持ってないから」

「はぁ？」

結希人は急に同情するような顔になって、俺の肩に触れた。

「今どきスマホ持ってない女子高生がいるわけないだろ。成瀬さんのことは忘れて、新しい恋を探そうな」

俺と結希人はホームに入ってきた京都方面行きの電車に乗り、空いている席に座った。

「俺も数え切れないぐらい経験してきてるから、気持ちはわかる。今はつらいかもしれないけど、なんでも相談してくれたらいいよ」

話し続ける結希人を無視して目を閉じると、ミシガンから見た琵琶湖の景色が浮かんでくる。広島に帰ったら、成瀬さんにお礼の手紙を書こうと思った。

ときめき江州音頭《ごうしゅうおんど》

成瀬あかりの朝は早い。四時五十九分五十八秒に目を覚まし、二秒後に鳴る目覚まし時計のアラームを止めて身体を起こす。綿一〇〇%のパジャマからトレーニングウェアに着替えて髪をまとめると、両親を起こさないよう静かに洗顔と歯みがきを済ませ、日焼け止めを塗って外に出る。

明日も暑くなるでしょうとの予報通り、すでに日差しが強かった。髪が日光を吸収しているかのように熱い。高校入学時に剃った髪は二年四ヶ月経って肩甲骨《けんこうこつ》まで伸びている。スキンヘッドから三年間伸ばしたらどうなるか知りたくてはじめた検証だったが、すべて同じ長さに伸ばした髪の毛は想像以上に不格好で、美容院の偉大さを知った。

できれば切りたいところだが、同級生の大貫かえでから最後まで検証を続けたほうがいいと言われている。あのとき大貫に宣言していなければ、撤回して散髪していただろう。成瀬は大貫に感謝していた。

琵琶湖岸に出ると、朝型の同志たちがウォーキングやジョギングをしているのが見える。成瀬は通り過ぎる人に、大きな声で「おはようございます」と声かけする。無視されることもあるが、大半は「おはよう」と返答してくれる。挨拶は防犯の基本だ。

ウォーミングアップをして、二キロメートル先の大津港まで走り込みを行う。成瀬は寒い冬より暑い夏のほうが好きだ。体を動かしやすく、汗をたくさんかくので満足感がある。しかし近年の猛暑の勢いはすさまじい。七時の段階で熱中症が危惧されることから、少しずつ時間を早めた結果、五時台がベストと判断した。

往復四キロメートルの走り込みを終えると、自宅に帰ってシャワーを浴びる。洗濯機を回すのは成瀬の役目だ。洗剤キャップを目の高さに持ち、目盛りとずれないよう正しく計って投入する。

そのうち両親が起きてきて、テレビのニュースを見ながら三人で朝食を摂る。成瀬は毎朝自分でハムエッグを焼く。西浦航一郎にもらった広島みやげのしゃもじでご飯をよそい、その上にハムエッグを載せてしょうゆをかければ完成だ。すぐさま食卓に運び、熱いうちに食べる。

「今日は五時から小学校でときめき夏祭りの打ち合わせがある。晩ごはんは食べてくるから不要だ」

母に伝え、自室にこもった。夏は受験の天王山だ。かるた班は引退したので、今後は大学入試に照準を合わせて受験勉強を本格化させていく。第一志望の京都大学はいつもA判定で、このままいけば大丈夫だろうと担任は言う。クラス全員の前では「受験に油断は禁物だ」と厳しく言うわりに、成瀬に限って油断はしないと思っているようだ。

作成したスケジュールに従い、問題集を解いていく。成瀬はどの科目も等しく得点できるため、得意科目という概念がない。強いて言えば正答が明確な数学を好んでいる。

座りっぱなしは体に障るので、一時間ごとに腕立て伏せと腹筋とスクワットで筋トレをする。受験を乗り切るためには体力が必要だ。

筋トレの後は、壁に貼ったポスターを見て目の体操をする。二百歳まで生きるためには与えられたリソースを大事にしなければならない。飲食をしたあとは丁寧に歯みがきをしてキシリトールタブレットを食べる。おかげで虫歯は0本だ。

昼食休憩を挟んで勉強を続け、打ち合わせの十五分前に切り上げて家を出た。

ときめき小学校までの道中、西武大津店の跡地を通る。十五階建てのマンション、レイクフロント大津におの浜メモリアルプレミアレジデンスは今年の春に完成し、六月から入居がはじまっていた。

完成直後、ぜひとも中に入ってみたいと思った成瀬だが、高校生が一人で行っても相手にされないのはわかっている。両親に相談したところ、母は「しつこく営業されたら困る」と渋ったが、父は乗り気になって、棟内モデルルームの見学を申し込んでくれた。

棟内モデルルームは十二階にあった。西武大津店は七階建てだったから、以前は空だった場所である。足を踏み入れた成瀬は、自分が西武の上空に浮かんでいる気分になった。

南向きの窓からは、西武大津店のテラスから見たのと同じ風景が広がっていた。琵琶湖を背にして建っているので、見えるのは山側だ。成瀬の自宅から見える景色も似たようなものである。西武大津店の名残を感じられるかと思ったが、たいした感慨は湧いてこなかった。むしろ父のほうがはしゃいでいて、音声認識で家電を操作して楽しんでいる。

「いやぁ、やっぱり新しい部屋はよかったよ」

帰宅した父は母にパンフレットを見せてあれこれ説明していた。成瀬が住むマンションは築二十年だ。生まれたときから住んでいるためそこまで古い印象はないが、新しいマンションと比べたら見劣りする。だからといって、徒歩五分の近距離で引っ越す意味がないのは三人ともわかっていた。

「どうせ引っ越すなら、もっと便利なところがいいよね」

母は以前、西武が近いからこのマンションを選んだと言っていた。西武なきいま、ここにこだわる理由もないのだろう。成瀬としても、膳所駅には新快速が停まらないので、新快速停車駅の近くに住めたらいいなという思いはあった。

しかし、小さな頃から住んでいたときめき地区を離れるのは名残惜しい。今だって成瀬はときめき夏祭りの実行委員を任されている。

ときめき夏祭りは毎年八月の第二土曜日に、ときめき小学校の運動場で行われる地域の祭りだ。ＰＴＡや自治会が屋台を出し、ステージ発表や抽選会が行われ、多くの住民で賑わう。本番は一週間後に迫っていて、今日は全体打ち合わせの日だった。

レイクフロント大津におの浜メモリアルプレミアレジデンスの前で横断歩道の信号待ちをしていると、島崎がやってきた。丸みを帯びたボブカットを見て、どこをどう切ったらこの形になるのだろうとじろじろ観察してしまった。

「今日も暑いねぇ」

島崎も実行委員の一人である。高校一年生のとき、馬場公園で漫才の練習をしていたところを実行委員長の吉嶺マサルにスカウトされたのだ。

「ゼゼカラっていうコンビがいるって聞いて、ときめき夏祭りにぴったりだと思ったんだよ。二人がもしよければ、総合司会をしてくれないかな？　台本はこっちで作るし、打ち合わせも大変だったら出なくていいし、無理のない範囲でやってくれたらいいから」

ときめき坂の吉嶺マサル法律事務所は知っていたが、吉嶺自身と対面したのはこのときがはじめてだった。成瀬の親と同年代にもかかわらず、メガネをかけた童顔で、現役の膳所高生みたいな風貌をしている。成瀬としても地域住民との交流は重要だと考えていたため、二つ返事でＯＫした。島崎は断ろうと思えば断れたはずだが、「成瀬がやるなら」と付き合ってくれた。

司会を引き受けるにあたって、成瀬は吉嶺にひとつ要望した。

「できれば、司会用の衣装を用意してくれないだろうか」

おそろいのＴシャツでもなんでもよかった。ゼゼカラとして舞台に上がるときには西武ライオンズのユニフォームを着ていたが、二人とも西武ライオンズのファンというわけではなく、球団に申し訳なく思っていたのだ。

そうした事情を伝えると、吉嶺はときめき商店街のヤマダスポーツの協賛のもと、オリジナルユニフォームを作ってくれた。ベースカラーは琵琶湖をイメージした水色で、文字色は白。胸にＺｅｚｅｋａｒａの文字が入っており、成瀬のユニフォームには背番号1番にＮＡＲＵＳＥ、島崎のユニフォームには背番号3番にＳＨＩＭＡＺＡＫＩとプリントされている。袖には「ときめき商店街」「ヤマダスポーツ」「吉嶺マサル法律事務所」のスポンサー名が入っていた。

二年前、新たなユニフォームを着て臨んだ初めての総合司会はつつがなく終了した。成瀬は元来緊張しないたちだが、島崎も舞台度胸を見せて立派に務め上げた。

作ってもらったユニフォームはその年のM－1グランプリ一回戦にも着ていった。M－1グランプリ公式サイトには全出場者の写真が掲載されており、オリジナルユニフォームを着たゼゼカラの写真も見られる。スポンサー名までは読み取れないものの、ときめき地区を背負って出てくれたと商店街の人たちが喜んでいた。

こうしてゼゼカラはときめき夏祭りの総合司会として定着し、今年で三回目を迎える。

「成瀬さんも、島崎さんも、来てくれてありがとう」

二人がときめき小学校の会議室に入るなり、吉嶺から声をかけられた。ロの字型に並べられた机にはすでに何人か座っており、実行委員の一人である稲枝敬太が無表情でペットボトルのお茶とレジュメを配っている。

吉嶺と稲枝は幼なじみだという。いつだったか島崎が「二人は漫才とかやらないんですか？」と尋ねると、吉嶺は笑いながら「やろうと思ったことすらないな」と答えていた。

「あかりちゃん、こないだおうみ日報に載ってたやん」

先に来ていた酒屋のおばちゃんが話しかけてきた。少し前、膳所高かるた班がおうみ日報に取り上げられたのだ。成瀬は主将として名前が載り、集合写真では前列のセンターに写っていた。

「あぁ、見てくれたのか。ありがとう」

成瀬があっさり会話を終えようとしたところへ、島崎が「すごいですよね。成瀬は昔からよく載るんですよ」と自然な会話を続ける。このコミュニケーション能力に成瀬は大いに助けられてきた。島崎はよく「成瀬はすごい」と褒めてくれるが、島崎こそすごい。

定刻になり、吉嶺が前に立った。

「これよりときめき夏祭りの全体打ち合わせをはじめます」

打ち合わせでは当日の流れを確認した。ゼゼカラは総合司会としてステージ進行を担当し、出番のないときは本部テントで待機する。第一部は幼稚園児の歌や小学生のダンスなどの自由発表、第二部は絵画コンクールの表彰式、第三部はお楽しみ抽選会で、最後は全員がグラウンドで江州音頭《ごうしゅうおんど》を踊るという、例年通りの流れだった。

打ち合わせは一時間ほどで終わり、成瀬と島崎はびっくりドンキーに寄った。土曜の夜ということもあって、店内は子ども連れのファミリーでにぎわっている。成瀬は定番のチーズバーグディッシュとミニソフトを注文し、島崎は期間限定メニューのハワイアンロコモコと桃のパフェを注文した。

「なんだか会うの久しぶりだね」

「しばらくかるたで忙しかったからな」

中学生の頃は一緒に登下校していたので毎日顔を合わせていたが、高校が離れてからは気付くと一ヶ月ぐらい会わないことがある。今日は打ち合わせ後に食事をしようと島崎から誘ってきた。

「今年もM-1の予選はじまったんだって。YouTubeで動画上がってるとついつい見ちゃう」

　M－1グランプリには過去に四回出場して、すべて一回戦敗退だった。観客の笑い声は年々大きくなっているように感じたが、合格ラインには達していなかったらしい。昨年の結果発表後、成瀬が「漫才はこれでいったん終わりにしよう」と告げると、島崎は「そうだね」と受け入れた。

「今思えばオーロラソースと同じ控室にいたの、すごかったよね」

「たしかに、得難い経験だったな」

　初挑戦のときに同じグループだったプロ芸人のオーロラソースは順調に出世している。去年はM－1グランプリの準決勝まで進み、敗者復活戦にも出ていた。今年の四月からはMBSテレビの深夜に「オーロラソースDEまりあ〜じゅ」という冠番組を持っている。成瀬は毎日九時に寝るため見られないが、テレビCMをたびたび目にしていた。関西各地の名物や人気飲食店のメニューにオーロラソースをつけて食べながら、ゲストと語らう内容らしい。

　M－1グランプリの話をしているうちに料理が運ばれてきた。成瀬は小さい頃からチーズバーグディッシュしか頼んだことがない。ロコモコを食べる島崎を見ながら、たまにはああいうものを頼んでもいいかもしれないと思う。

　その瞬間は、成瀬がミニソフトに埋もれた白玉をすくって口に入れたところに訪れた。

「わたし、東京に引っ越すことになったの」

　島崎が桃のパフェを食べながら何の引っかかりもなく言うので、成瀬は聞き間違いかと思った。すぐにでも反応したいところだが、白玉を喉につまらせたらいけないので、もちもちと咀嚼する。

「東京にもびっくりドンキーあるのかな」

続く島崎の言葉で、聞き間違いでなかったことを確信する。

「そんな重大な秘密を隠していたのか」

噛み砕いた白玉を飲み込んだ成瀬は、一番に思い浮かんだことを口に出していた。誤解を招く発言だと後悔したがもう遅い。島崎は不機嫌そうに「わたしも少し前に知ったばっかりだし、別に隠してたわけじゃないし」と反論した。

「違うんだ。隠していたことを責めるわけじゃなくて、今日わたしに会ったときから平然と違和感なく過ごせていたのがすごいと言いたかったんだ」

横断歩道の前で会ったときから、島崎は普段どおりでまったく変わったところがなかった。

「まだ先の話だから、今日言わなくてもいいかなって思ってたの。お父さんの働いてる支社が閉鎖されることになって、東京に転勤するんだって」

当面は単身赴任をするが、都会志向の母親は「東京に住める」と喜び、島崎の大学入学に合わせて一家で引っ越すプランができあがったらしい。

「お父さんは『こっちの大学受けたいなら、一人で残ったらいいよ』って言うんだけど、親についていくほうがラクかなって思ったし、わたしもちょっと東京に住んでみたい気持ちがあって」

島崎は家から通える滋賀か京都の大学に進学するつもりだと話していた。家が移転するのなら、志望校も移転するのは自然だ。成瀬が東大より京大を選んだ最大の理由も「家から近い」なので、島崎の考えにも納得できる。

成瀬は何も言えないまま水の入ったコップを見つめていた。今なら念力で動かせるのではないかと目に力を込めてみたが、水面は微動だにしない。

「あれ、みゆみゆじゃない？」

沈黙を破ったのは斜向かいの席に案内された女子グループだった。五人とも私服姿で、見覚えのない顔である。

「今日、会議があるって言ってたよね？　終わったの？」

お団子頭の女子が近寄ってきて、島崎に話しかけた。

「うん。終わって、ごはん食べてたの」

おそらくこの女子たちと島崎との交流も来春で途絶えてしまう。島崎を独り占めするのは忍びない。

「先に帰るから、ゆっくりしていってくれ」

成瀬は財布からお釣りのないよう代金を取り出し、テーブルに置いて立ち上がった。島崎は申し訳なさそうな表情を浮かべたが、成瀬が黙ってうなずくと、「わかった。じゃあまたね」と手を振った。

びっくりドンキーから自宅までは徒歩三分だが、夜道の独り歩きはできるだけ短時間で済ませたい。成瀬はダッシュで帰宅し、風呂場に直行して湯船に浸かった。

大学進学で同級生と離れ離れになるのはよくあることだ。成瀬の周囲にも関西以外の大学を第一志望にしている人はいて、一人暮らしが楽しみだという話も聞く。しかし島崎はこれからも近くにいると疑いなく信じていたし、たとえ離れて暮らすことになっても、実家がこのマンションにある限りはつながっていられると思っていた。

もうひとつ成瀬にとって発見だったのは、ゼゼカラの活動が島崎の友人関係に影響を及ぼしていることだった。今日の様子から察するに、島崎は友人からの誘いよりもときめき夏祭りの打ち合わせを優先させている。もしかしたら島崎は成瀬と付き合うことで、これまでも自身の生活を犠牲にしてきたのかもしれない。

風呂上がりの牛乳を飲んでも、いつものような爽快感がなかった。母はダイニングテーブルでスマホをいじっている。

「島崎が東京に引っ越すと聞いた」

「えっ、いつ？　なんで？」

「父親が転勤するらしい。大学進学と同時に東京に行くそうだ」

思いのほか短く説明できてしまい、成瀬の抱える気持ちとは釣り合わないように思えた。母は「寂しくなるね」と心配そうに言う。

二人の出会いは二〇〇六年の十二月に遡る。母が生後七ヶ月の成瀬をベビーカーに乗せて西武に出かける途中、マンションのエントランスで島崎一家とばったり会った。父親に抱かれた島崎はちょうど産院から退院してきたところで、白い帽子をかぶり、黄色い毛布に包まれて眠っていたそうだ。

成瀬は使ったグラスを洗って食器かごに置き、歯をみがいてから部屋に戻った。たしかに寂しいには違いないのだが、その一言では表しきれない。いつもは九時になると自然と眠れるのに、なかなか寝付けなかった。

翌朝、成瀬は目覚まし時計のアラームで目覚めた。通常より二秒遅い。そこから綻びが広がっていくかのように、何をやっても調子が出なかった。いつものように軽快に走れず、人に挨拶しても無視される。洗剤はこぼれるし、ハムエッグは焦げる。

もっとも困ったのは、数学の問題が解けないことだ。いつもなら問題を見た瞬間に解法がひらめくのに、シャープペンが動かない。問題文に出てくる数式をあれこれいじってみても、答えにつながる気がしない。数学が苦手な生徒にありがちな状況も、成瀬にとってははじめての感覚だった。なるほど、これでは勉強をする気にならないはずだ。

成瀬はシャープペンを机に置き、両手を後頭部に当てて天井を見上げた。ためしにかけ算九九を暗唱したら、ちゃんと最後まで言えた。解の公式も加法定理もすらすら言える。気を取り直して入試問題に向かってみたが、やっぱり手が動かない。

島崎が引っ越すと聞いただけでこれほどの不調である。今まで当たり前のようにこなしてきたルーティーンが、いかに危ういバランスの上に成り立っていたかを知った。

ノートには見慣れた筆跡の数式が並んでいる。きのうまでは島崎が東京に行くことなんて知らなかったし、そもそも島崎のことなど考えていなかった。

ほかの教科に対しても今までのような切れ味が感じられない。机に向かうのを諦め、特技のけん玉を試してみると、とめけんさえ決まらなかった。睡眠不足のせいではないかとベッドに寝転んでみたが、頭の中が騒がしくて睡魔が襲ってこない。

時計は十時を指している。いつもだったら順調に問題を解いている時間だ。家にいても気が詰まるので、外に出ることにした。

馬場公園では帽子をかぶった子どもたちが遊具で遊んでいた。今日は曇っていて、それほど暑くない。成瀬は空いているブランコに座り、全力で漕ぎはじめた。

子どもたちのはしゃぐ声を聞いていると、幼少期を思い出す。山の形をした大型遊具の頂上に、成瀬は誰よりも早く登ることができた。すべり台で下りていくと、髪を二つ結びにした島崎が「あかりちゃんすごい」と寄ってくる。

島崎のことを思うとどうも感傷的になってしまう。ブランコを降りて公園を出ると、向こうの方からトートバッグを提げた大貫が歩いてくるのが見えた。

「おう、大貫」

声をかけると、大貫は「なによ」と迷惑そうな顔をする。どうも嫌われているらしいのだが、成瀬は大貫が嫌いではないため、遠慮する道理はない。

「数学の問題が解けなくて困っているんだ。何かいい方法はないだろうか」

成瀬にとって喫緊の課題だ。大貫は勉強熱心だし、いい解決法を知っているだろう。

「どういうこと？」

「京大の入試問題を見ても解法が浮かばなくなったんだ」

大貫は呆れたように息を吐く。

「教科書の例題でもやってみたら？」

意表をついた答えだった。教科書の範囲はとっくに終わっている。授業では問題集をメインに使っていたこともあって、もはや表紙のデザインすら思い出せない。どこにしまっただろうかと考えていると、大貫は「それと、髪切ったほうがいいんじゃない？」と続けた。

「しかし、大貫が切らないほうがいいと言ったじゃないか」

「あのときはそう思ったけど、さすがに今は変っていうか……」

やはり大貫は何かが違う。面と向かってこんなことを言ってくれるのは大貫しかいない。

「大貫はどこの美容院に行っているんだ？」

大貫は高校に入って髪型が変わった。中学時代はうねったひとつ結びだったのに、今ではまっすぐ髪を下ろしている。腕のいい美容師に切ってもらっているのだろう。

「別にどこだっていいでしょ。そこのプラージュで切ったら？」

大貫は吐き捨てるように言うと、足早に去っていった。

髪を切って気分転換すれば勉強も捗《はかど》るかもしれない。成瀬は馬場公園から徒歩一分のプラージュに足を踏み入れた。中には十席以上あり、思いのほか多くの人がいる。勝手がわからず立ち止まっていると、「八番へどうぞ」と案内された。

担当の美容師はいかにもおしゃべりが好きそうな中年女性だった。「これ、ずっと伸ばしてはったん？」と軽い調子で尋ねてくる。

「大事なことを忘れていた。すまないが、メジャーを貸してほしい」

検証のためスキンヘッドから伸ばしていたことを伝えると、美容師は「ほな測らなあかんわ」と興味を示してメジャーを持ってきた。

「トップは三十センチで、サイドは三十一センチぐらいやね」

一ヶ月に一センチ伸びるという説どおりなら二十八センチのはずだが、それより少し長い。サイドのほうが伸びやすいのも発見だった。

「若いから伸びるのが早いんやね。ほんで、どれぐらい切りましょ?」

肩を超えたあたりで切りそろえ、前髪を作ってもらうと、部屋のカーテンを取り替えたときのように気持ちがよかった。カット代金を支払い、家に帰る。

数学の教科書は使用済み問題集と一緒に積んであった。開きぐせもなく、あまり使っていなかったことが見て取れる。ぱらぱらめくってみると、項目ごとに例題が配置されていた。

成瀬は数学Ⅰの「数と式」から順番に、ノートに写して解きはじめた。難易度が低く、リハビリにはちょうどいい。解いているうちにリズムに乗ってきて、指先まで血が通うような感覚があった。

数学Ⅰの教科書を終えたところで不意に島崎のことを思い出した。スキンヘッドにしたときも見せに行ったことだし、今回も報告に行ったほうがいいだろう。

エレベーターを上がって島崎の家に行き、インターフォンで呼び出す。ドアを開けて成瀬の顔を見るなり、島崎は「えっ、髪切ったの?」と驚きの声を上げた。

「二十八ヶ月で、三十センチから三十一センチ伸びることがわかった」

島崎の眉間にしわが寄る。

「卒業式まで伸ばすんじゃなかったの?」

成瀬も髪を切るつもりなんてなかった。大貫に変だから切ったほうがいいと言われ、たしかにそうだと思って美容院に行ったと説明した。

「切ったらまずかったのか？」

「まずくはないけど、ちょっとがっかりしたっていうか……」

島崎は不満そうだが、髪を切る切らないは個人の自由である。

「成瀬ってそういうところあるよね。お笑いの頂点を目指すって言っておきながら、四年でやめちゃうし」

「やってみないとわからないことはあるからな」

成瀬はそれで構わないと思っている。たくさん種をまいて、ひとつでも花が咲けばいい。花が咲かなかったとしても、挑戦した経験はすべて肥やしになる。

「今回も、髪を切らないと暑くて不格好になることがわかった。Ｍ－１グランプリにしても、馬場公園で漫才を練習したことでときめき夏祭りの司会になった。決して無駄ではない」

「成瀬の言いたいことはわかるけど、なんかモヤモヤするんだよね。こっちは最後まで見届ける覚悟があるのに、勝手にやめちゃうから」

成瀬は背中に汗が伝うのを感じた。振り返ると心当たりがありすぎる。成瀬が途中で諦めた種でも、島崎は花が咲くのを期待していたのかもしれない。これでは愛想を尽かされても無理はない。

「すまない、話はそれだけだ」

どうしていいかわからなくなった成瀬は、階段を駆け下りて家に帰った。

良い方に向かっていた気持ちが、再び悪い方に押し戻されてしまった。成瀬はベッドに大の字になって寝転び、天井を見上げる。今は何をやってもうまくいきそうにない。諦めたら眠くなってきたので目を閉じた。

ときめき夏祭りを三日後に控えた水曜日の夜、成瀬は江州音頭の練習会に参加することにした。

練習会はときめき夏祭りのチラシの隅でひっそり告知されているイベントだ。「江州音頭練習会　8月7日（水）午後7時〜ときめき小学校体育館」の文字に、フリー素材の盆踊りのイラストが添えられている。実行委員としても参加するよう言われたことはなく、これまで一度も行っていなかった。

「わぁ、成瀬さんも来てくれたんだ。ありがとう」

吉嶺の歓迎が弱った心にしみわたる。体育館には子どもから大人まで、三十人ほどが集まっていた。

「江州音頭は江戸時代に滋賀で発祥した民謡です。近江商人が各地で歌ったことで、滋賀以外にも広まったと言われています」

江州音頭保存会による解説を聞き、レクチャーを受けて踊る。これまで成瀬は見よう見まねで踊ってきたが、きちんと習うべきだったと反省した。保存会のおばちゃんから「お嬢ちゃん、上手やね」と声をかけられ、自信が回復していく。

三十分にわたって真剣に踊り続けたら、気持ちの良い疲労感に包まれた。

「お疲れさまでした。一人一個アイスをもらってください」

吉嶺が呼びかける後ろで、稲枝がクーラーボックスからアイスを取り出して長机に並べている。小さい子どもたちが歓声を上げて寄っていき、好きなアイスを選びはじめた。

成瀬はときめき夏祭り実行委員としての立場を考えて遠巻きに見ていると、稲枝が「成瀬さんもどうぞ」と手招きしてくれた。

ガリガリ君ソーダ味は少し溶けて柔らかくなっている。全員にアイスが行き渡ったのを確認すると、稲枝もパルムを食べはじめた。

「今日は一人なんだね」

稲枝は「いい天気だね」ぐらいの気持ちで言ったに違いないが、成瀬の心は抉《えぐ》られる。

「ここだけの話だが、ゼゼカラは今年で解散するんだ」

どんな反応が返ってくるのか気になって、切り出してみた。

「えっ、そうなの？」

想定の一・五倍ぐらい大きな声だった。

「大学進学で離れることになったからな」

「あぁ、そうかぁ。寂しくなるねぇ」

社交辞令ではなく、本当にそう思っているような口ぶりだ。

「会えなくなるわけではないし、また新しい出会いもあるだろう」

成瀬はなぜか自分で自分をフォローしていた。こういう言葉が欲しかったのかもしれない。

稲枝は「そうだね」とうなずく。

「でも、俺もちょっとショックだな」

稲枝は少し言い淀んでから「二人が西武でテレビに映ってたときから見てるから」と付け

加えた。

「見ていてくれたのか」

思わず声が大きくなる。これまで稲枝のことは実行委員のひとりとしか認識しておらず、必要最低限の会話しかしていない。ゼゼカラを気にかけてくれていたなんて、思いもしなかった。

「マサルが二人を連れてきたときにはびっくりしたよ」

稲枝の顔が赤くなっている。父親ほどの年齢の男も恥ずかしがることがあるらしい。

「実は今、島崎と気まずくなってしまって、今日は一人で参加したんだ」

成瀬が言うと、稲枝は表情を曇らせた。

「あぁ、そういうのはすぐに仲直りするのがいいよ。俺は友だちと気まずい別れ方をしたまま、三十年間気にしてたことがあるから」

「三十年?」

三十年後の成瀬は四十八歳だ。三つ先の年女になるまで島崎に会えないと考えたら恐ろしくなってきた。

「そう、三十年。西武の閉店がきっかけで、再会できたんだ」

稲枝の返答を聞き終わるやいなや、成瀬は「島崎のところに行ってくる」と駆け出していた。

「島崎、先日はすまなかった」

玄関のドアが開いた瞬間に謝ると、島崎は苦笑いして「ちょっと意味わかんないから、順を追って話してくれる?」と迎え入れてくれた。

島崎の部屋でローテーブルを挟んで座る。ゼゼカラを結成したのもこの部屋だった。

「今、江州音頭の練習会に行ってきて、島崎と気まずくなっていると話したら、稲枝氏から仲直りをしたほうがいいとアドバイスされた」

「わたしたち、気まずくなってたっけ?」

島崎が心当たりのない様子で尋ねる。

「この前、がっかりしていたじゃないか」

「あぁ、あれね。成瀬がぬっきーの言うとおりにしたからイラっとしたの。成瀬がほら吹きだってことはわかってるはずなんだけど」

ひどい言われようだが、宣言の多くを実現できていないのだから反論できない。

「それにわたし、漫才やるの楽しかったみたい。だから今年M-1出ないのが寂しくて」

もともと島崎を漫才に引き込んだのは成瀬のほうだ。そんなふうに思ってくれているなんて意外だった。

「それならときめき夏祭りでやればいい。二分ぐらいならもらえるだろう」

成瀬の提案に、島崎の表情が明るくなる。

「わぁ、そうしよう。M-1に出ない分、ご当地ネタをたくさん詰め込んだらどうかな?」

ルーズリーフを用意して、さっそく二人でネタ出しをした。「平和堂」「ときめき坂」「受験生」といったキーワードを書き、そこからボケのアイデアを膨らませていく。

ある程度ネタ出しできたところで、島崎が「そういえば」と切り出した。

「膳所だけでやるんだから、『膳所から来ました』も変えたほうがいいよね。たとえば……『膳所から世界へ！』ってどうかな」

島崎は右手の人差し指を立て、胸の前から斜め上に腕を伸ばした。

「いいじゃないか」

成瀬も人差し指を斜めに振り上げながら「膳所から世界へ！　ゼゼカラです！」と口に出してみた。本当に世界に羽ばたける気がして清々しかった。見栄えする角度を探りながら繰り返し唱えていると、「そんなに気に入った？」と島崎が笑った。

次の日、成瀬は吉嶺に電話をかけ、漫才をやらせてもらえないかと尋ねた。吉嶺は「ぜひやってよ！」と食いつき、ラストの江州音頭の前に時間をくれた。

成瀬は漫才の台本を作るうち、気持ちが立ち直っていくのを感じていた。島崎が同じマンションで生まれ育って、自分と仲良くしてくれたのは幸運だった。島崎がそばにいなくなっても、ともに過ごした歴史は残る。

台本ができあがったところで、島崎のもとへ持っていった。島崎は台本に目を通し、「成瀬のネタって感じがする」と表情を緩めた。

二人で壁を背にして立ち、人差し指を振り上げて「膳所から世界へ！」と声を合わせる。

「ゼゼカラの成瀬あかりです」

「島崎みゆきです。よろしくお願いします」

島崎は成瀬が想像していたとおりの心地よいリズムでボケてくれる。四年前と比べたら、漫才を楽しんでいることが伝わってきた。

演じ終えた二人は、直したい箇所を細かく話し合った。

「もっと平和堂のあるあるネタ入れる？　入り口のところにある自動のアルコール消毒がめっちゃ出るとか」

「わたしも使っているが、あれはたしかに出すぎだな。余ったら顔につけるようにしている」

「えっ、それはボケなの？　事実なの？」

平和堂の本社は滋賀県彦根市で、県内どこの駅にも平和堂があると言われている。自宅からの徒歩圏内にも店舗があり、びわテレで流れているＣＭや、新聞の折り込みチラシなど、平和堂の存在を意識する機会は多い。

「東京には平和堂がないって思うと、ちょっと寂しいかも」

成瀬は二年前に訪れた東京を思い浮かべた。たくさんの人が暮らしていて、商業施設も充実している。平和堂がないことなど、すぐに慣れてしまうだろう。

「ところで、島崎はどの大学を受験するのか決めたのか？」

「それがまだ全然決まってなくて。わたしの偏差値が中途半端なせいもあるけど、選択肢が多すぎるのも大変だね」

島崎が挙げた候補は箱根駅伝で名前を聞くような大学ばかりで、本当に東京に行ってしまうのだと実感した。

ときめき夏祭り当日、成瀬と島崎も三時に集合して会場の設営を手伝った。三回目なのでだいたい流れはわかっている。ステージができあがると、ゼゼカラのユニフォームを着てリハーサルをした。

これがゼゼカラとして最後の活動だと思うと、何もかもが尊く思えてくる。ラストステージということを意識するとしんみりしてしまうので、今日の祭りを楽しく盛り上げることに集中しようと決めた。

開始時刻が迫り、ステージの下でスタンバイしていると、初舞台である中二の文化祭が思い出された。あのとき島崎は表情を失うほど緊張していたが、今はリラックスしているように見える。

「島崎は緊張しなくなったのか？」

「そんなことない、今でも緊張するよ。緊張することに慣れただけ」

緊張を知らない成瀬にとって、緊張に慣れることがあるというのは新たな知見だ。

「五時になったから、そろそろはじめよう」

吉嶺の合図で二人はステージに上がり、マイクを握って声を上げた。

「総合司会を務めます、ゼゼカラの成瀬あかりです。よろしくお願いします」

「ゼゼカラの島崎みゆきです。よろしくお願いします」

ステージの前では、このあと登場する小学生の保護者たちがスマホやカメラを持って待機していた。その後ろにはテーブルや椅子が並べられた飲食スペースがあり、さらに向こう側に屋台が並んでいる。

「みなさん、本日はお集まりくださりありがとうございます」

「夏の夜のひととき、楽しいお祭りにしていきましょう。まずは実行委員長による開会宣言です」

青いはっぴを着た吉嶺は各方面への謝辞を述べ、「これより、ときめき夏祭りを開催します」と宣言した。まばらな拍手が上がるのも例年どおりだ。よく「誰も見てないよ」と言われるが、拍手を送ってくれる住民の気持ちを無下にしてはいけないと成瀬は思う。

「トップバッターを務めるのは、ときめき小学校ダンスクラブの皆さんです！　夏休みも集まって練習してきました。息の合ったダンスをご堪能ください」

二人はステージを降り、本部テントのパイプ椅子に座って一息つく。

「暑いから、ちゃんと水分補給してね」

稲枝が五百ミリリットルのスポーツドリンクを二本持ってきた。

「ありがとうございます」

水分補給をしながら、成瀬は会場を見渡した。ダンスを披露する小学生たち、子どものダンスを撮影する保護者たち、屋台で食べ物を買い求める住民たち、走り回る子どもたち。無事にときめき夏祭りが回りだした感覚がある。

ステージ発表の二番手はあけび幼稚園の年長児による歌だった。右も左もわかっていないような子どもたちがステージに並ぶ。

「わたしたちもあけび幼稚園の出身です。十二年前、ときめき夏祭りで歌ったのが懐かしいです」

当時のこともはっきり思い出せる。歌ったのは「すうじのうた」だ。最後の方はみんな疲れてきて、歌詞が曖昧になってくる。成瀬はそんな中でも間違わずに歌い遂げた。

「あけび幼稚園で、『ぼくのミックスジュース』と『にじ』です！」

小さい子たちが手振りをつけながら歌っているのを見ていたら、母親のような気持ちになってきた。この子たちの多くもゆくゆくはときめき地区を離れると思うと、胸が詰まる思いがする。

その後もきらめき中学校の吹奏楽部や、公民館のコーラスグループ、有志の三味線やジャグリングなど、バラエティに富んだ人々が舞台に立った。

この人たちだって、来年もここにいるかどうかはわからない。同じメンバーが揃うときめき夏祭りは二度と開催できない。そんなことを考えていたら目の奥が熱くなってきて、成瀬はあわてて頭を左右に振った。

第一部のステージ発表が終わり、第二部のときめき坂絵画コンクール表彰式がはじまった。表彰式は主催の絵画教室が仕切るので、ゼゼカラは本部テントでしばらく休める。

「お疲れさま。よかったら食べて」

酒屋のおばちゃんが屋台の焼きそばや唐揚げを差し入れてくれたので、ありがたくいただくことにした。

「毎年思うのだが、この焼きそば、ほかでは食べられない味をしている」

「そうかな？　わたしはあんまり違いがわからないけど」

二人でそんな会話をしながら食べていると、「みゆみゆー！」と呼ぶ声が聞こえた。

「えっ、みんな、来てくれたの？」

先日びっくりドンキーで見かけた女子たちが、島崎のもとに集まってくる。

「プログラム見たよ。漫才やるんだって？」

「う、うん」

ときめき夏祭りに足を運んでくれた彼女たちにも感謝の気持ちが湧いてくる。従来なら決して口を開かない状況だが、成瀬は無意識のうちに立ち上がっていた。

「わたしが相方の成瀬だ。まだ漫才までには時間があるが、ぜひ見ていってほしい」

島崎の友人たちは成瀬が話し出すとは思ってもみなかったという顔をしている。先頭にいたお団子頭の女子は戸惑い混じりの笑顔で「ぜひ見せてもらいます」と応じた。

「じゃあ、また後でね」

一行は島崎に手を振って去っていった。

「今まで、いろんなことに巻き込んでしまったな」

成瀬が言うと、島崎は困惑した様子で「えっ？」と聞き返す。

「この前だって、彼女たちより夏祭りの打ち合わせを優先させていただろう。わたしのせいで、島崎がいろんなことを犠牲にしてきたのではないかと思ったんだ」

島崎は笑顔で首を横に振った。

「それは違うよ。漫才だって司会だって、断ろうと思えば断れたでしょ。成瀬と一緒ならできると思ったからやってきたの」

「しかし、至らないことが多くて……」

志半ばで漫才をやめたのも、実験途中で髪の毛を切ったのも、そばにいてくれた島崎への配慮を欠いていた。

「わたしはずっと、楽しかったよ」

島崎の穏やかな表情を見て、成瀬は黙ったままうなずいた。成瀬もずっと、楽しかった。でも、口に出したらすべてが終わってしまう気がして、言えなかった。遠く離れて暮らしていても、島崎が同じ空の下にいると思えばやっていける気がした。

「次は、ゼゼカラの漫才です！　どうぞ～」

お楽しみ抽選会を終えた吉嶺の呼び込みで、成瀬と島崎はステージに上がった。センターマイクの前に立ち、暗くなった空に人差し指を向ける。

「膳所から世界へ！　ゼゼカラです！　よろしくお願いします」

抽選会の直後ということもあり、ステージの前では多くの人が足を止めて見てくれていた。ステージのライトに照らされて、見知った近所の人たちや、島崎の友だちがいるのが確認できる。

「わたしたち、今年受験生なんですよ」

「そうなんです。平和堂検定3級を受けることになりまして」

「大学受験や！　平和堂検定ってなんやねん」

「平和堂でおなじみの時報のテーマはなんでしょう」

「『テレテンテンテンテレテンテンテン』いうメロディーのこと？　曲名あるん？」

「答えはＳＦ22‐39でした」

「3級やのにマニアックすぎるわ！」

「1級は発注から品出しの実技試験だからね」

「資格試験というより社員研修やないか」

「受験料の支払いはもちろんＨＯＰ《ホップ》マネーで」

平和堂漫才では大爆笑というほどではないが、そこそこ笑いが上がっていた。成瀬が観客の様子をうかがっていると、娘の代わりに緊張しているかのような母の顔が見えた。その隣では島崎の母が笑顔を見せている。約二百年後、死ぬ前に見る走馬灯にもこの景色が採用されるのではないかと思った。

「もうええわ！　ありがとうございました」

お辞儀する二人に、観客たちが拍手を送る。ゼゼカラ最後の漫才を、ときめき地区の人たちに見てもらえてよかった。満足感に包まれながら顔を上げると、稲枝と吉嶺が小ぶりなブーケを持ってステージに上がってきた。

「お疲れさまでした」

稲枝が顔を赤らめながら、成瀬に赤いブーケを手渡す。島崎は吉嶺から黄色いブーケを贈られていた。これがサプライズというやつかと面食らう。花をプレゼントされるなんてはじめてのことだ。

「今年でゼゼカラは解散します。応援ありがとうございました」

成瀬はブーケを両手で持ったまま、謝辞を述べた。隣の島崎に目をやると、突然殴られたかのような驚愕の表情を浮かべている。そこまで驚かなくてもいいのにと思った次の瞬間、島崎の戸惑いに満ちた声がマイクに乗って会場に響いた。

「ゼゼカラ、解散するの？」

「だって、島崎が引っ越すと言ったじゃないか」

「わたし、ゼゼカラやめるなんてひとことも言ってないよね？　夏祭りの日には帰ってきて司会やるつもりだったんだけど？」

今度は成瀬が驚く番だった。記憶を巻き戻してみると、島崎は東京に引っ越すと言っただけで、ゼゼカラの進退には一切触れていない。ステージ前の人々は何が起こったのかわからない様子でこちらを見ている。

「すみません、間違えました！　ゼゼカラは解散しません！」

成瀬がマイクに向かって下手なフォローをすると、島崎は噴き出した。

「もう、なんなのよ」

島崎はもはや笑うしかないという顔で笑っている。

「これからも、ゼゼカラを、よろしくお願いします」

島崎のお辞儀に合わせて成瀬も頭を下げる。住民たちの温かい拍手を浴びながら、来年もゼゼカラとしてこの舞台に立てる喜びを噛みしめた。

「ラストは江州音頭です。踊ってくれたちびっこにはお菓子のプレゼントもあります。皆さん、楽しく踊ってくださいね」

成瀬と島崎もステージを下りて、輪に入っていく。小学生男子の集団が「膳所から世界へ！」と振り付きでゼゼカラの真似をしてきたので、成瀬も「膳所から世界へ！」と応じる。吉嶺は「来年の夏祭りもよろしく」と成瀬に手を振り、稲枝は気まずそうな笑みを浮かべて「なんかごめんね」と謝る。島崎は友だちに囲まれて「面白かったよ」と賞賛されていた。成瀬の母と島崎の母も少し離れた場所で輪に加わっている。

夜空を見上げて一息つくと、江州音頭のイントロが聞こえてきた。いつのまにか隣に島崎が立っている。成瀬は片手にブーケを握り、全身全霊で江州音頭を踊った。

初出

「ありがとう西武大津店」（『小説新潮』二〇二一年五月号）

第二〇回「女による女のためのR-18文学賞」大賞・読者賞・友近賞受賞作

「階段は走らない」（『小説新潮』二〇二一年五月号）

ほかは書き下ろしです。

なお、単行本化にあたり加筆・修正を施しています。

装画　ざしきわらし

宮島未奈（みやじま・みな）

1983年静岡県富士市生まれ。滋賀県大津市在住。京都大学文学部卒。

2018年「二位の君」で第196回コバルト短編小説新人賞を受賞（宮島ムー名義）。

2021年「ありがとう西武大津店」で第20回「女による女のための R-18 文学賞」大賞、読者賞、友近賞をトリプル受賞。同作を含む本書がデビュー作。

成瀬《なるせ》は天下《てんか》を取《と》りにいく

著者／宮島《みやじま》未奈《みな》

発行／2023年3月15日
23刷／2024年11月15日

発行者／佐藤隆信
発行所／株式会社新潮社
〒162-8711 東京都新宿区矢来町71
電話・編集部 03(3266)5411・読者係 03(3266)5111
https://www.shinchosha.co.jp

協力／株式会社西武ライオンズ
装幀／新潮社装幀室
印刷所／株式会社光邦
製本所／加藤製本株式会社

ISBN 978-4-10-354951-2 C0093

ツナグ　辻村深月

たった一人と、一度だけ――死者との再会を仲介する使者《ツナグ》・歩美を訪れた四人が抱く悲しい秘密。喪われた想いの行方を描く連作長編。あなたなら誰に会いたいですか？

盲目的な恋と友情　辻村深月

女の美醜は女が決める――。肥大した自意識に縛られ、嫉妬に狂わされた二人の若い女。醜さゆえ、美しさゆえの劣等感をあぶり出した、鬼気迫る書き下ろし長編小説。

ツナグ　想い人の心得　辻村深月

累計100万部の大ベストセラー、待望の続編。亡くなった人との再会を一度だけ叶える使者「ツナグ」。祖母から役目を引き継いだ歩美の、あれから7年後とは――。

おんなのじかん　吉川トリコ

女性の身体にまつわるタブーよ、くたばれ!!! 不妊治療も、流産も、溢れる推しへの愛も。今こそ臆さず「自分の言葉」で語ろう。軽やかで饒舌なご機嫌エッセイ。

花に埋もれる　彩瀬まる

恋が、私の身体を変えていく――著者の原点にして頂点！　英文芸誌「GRANTA」に掲載の「ふるえる」から幻のデビュー作までを網羅した、繊細で緻密な短編集。

永いおあずけ　みうらじゅん

変態と言われれば言われるほど、僕の体は燃え上がってしまう――。不倫、緊縛、放置、性病、投稿……煩悩まみれのミュージシャンの痴態を描く、官能ロック小説！

森をひらいて　雛倉さりえ

戦火を避けるため、外界から閉ざされた学園で寮生活を送る少女たち。「森を作る」遊びが流行するが、戦争は激化していき……。不屈の少女を描く、鮮烈な青春小説。

ここは夜の水のほとり　清水裕貴

生に無頓着なのに、死と隣り合わせだったあの頃。かけがえのない人さえ守りきれなかった私たちの歪な青春。女による女のためのR－18文学賞大賞受賞作収録。

行儀は悪いが天気は良い　加納愛子

懐かしくて恥ずかしくて、誇らしくて少し切ない。大阪時代から現在まで、何にでもなれる気がした「あの頃」を綴った、24編。Aマッソ加納、待望の最新エッセイ集！

縁切り上等！
離婚弁護士　松岡紬の事件ファイル　新川帆立

幸せな縁切りの極意、お教えします。読めば元気をもらえる、温かなヒューマンドラマにして、個性豊かなキャラクターたちが織りなすリーガル・エンタメ！

あの子とQ　万城目学

見た目は普通の高校生、でも実は吸血鬼。そんな弓子のもとに突然、謎の物体「Q」が出現。巻き起こる大騒動の結末は⁉　ミラクルで楽しい青春×吸血鬼小説！

成瀬は信じた道をいく　宮島未奈

我が道を進む成瀬の人生は、今日も誰かと交差している。そんな中、幼馴染の島崎が故郷へ帰ると、まさかの事態が……⁉　読み応えますますパワーアップの全5篇。